ちくま学芸文庫

バガヴァッド・ギーターの世界

ヒンドゥー教の救済

上村勝彦

筑摩書房

目次

バガヴァッド・ギーターの世界——ヒンドゥー教の救済

凡例

『バガヴァッド・ギーター』からの引用は原則として、上村勝彦訳『バガヴァッド・ギーター』（岩波文庫）による。章・節は引用文末に（□・○）で表記した。参照箇所が本書に引用されていない場合は、「上村訳『バガヴァッド・ギーター』□・○参照」と記した。その場合は岩波文庫の拙訳を参照されたい。

序章　日本に入ったヒンドゥー教の神々

ヒンドゥー教について

宗教の坩堝《るつぼ》といわれるインドには、ヒンドゥー教をはじめとして、イスラム教、キリスト教、シク教、ジャイナ教、仏教など、多種多様な宗教がありますが、本書においては、インドの総人口の八〇パーセント以上を占めるヒンドゥー教徒の代表的な聖典を取り上げたいと思います。

仏教やキリスト教やイスラム教などと比べて、ヒンドゥー教にはなじみが薄い方が多いのではないかと思います。ヒンドゥー教とは「インドの宗教」という意味ですから、広い意味では、仏教などを含めてインドの宗教はすべて「ヒンドゥー教」であるといえます。しかし一般にヒンドゥー教とは、「ヴェーダ」と呼ばれる非常に古い聖典を奉ずるいわゆるバラモン教が、民間の宗教や習俗を吸収して成立したものといわれています。

インドの総人口は十億人ほどで、その八〇パーセント以上がヒンドゥー教徒であるといわれていますから、今日インド国内だけでも八億人近くの信徒がいると推定されます。大変な数です。ヒンドゥー教は民族宗教というより、むしろ世界的な大宗教であるといえます。

ヒンドゥー教といえばインドの民族宗教とされ、我々とあまり関係がないと思われる方も多いかもしれませんが、実は日本の民衆は、古くから多くのヒンドゥー教の神々を信仰してきました。

ヴェーダ聖典の神々

紀元前一二〇〇年ごろに、『リグ・ヴェーダ』をはじめとする、「ヴェーダ」と呼ばれる一群の文献が成立しました。このヴェーダを至上の聖典と仰ぐ宗教は、研究者の間でバラモン教と呼ばれます。

バラモン教では神のことを「デーヴァ」（天）と呼び、その神に対抗する悪魔を「アスラ」と呼びます。これを音写（音訳）したものが「阿修羅《あしゅら》」です。仏教でも、阿修羅は仏法の敵である悪魔とされ、絶えず血なまぐさい闘争をしていると見なされました。「修羅道」とか「修羅の巷《ちまた》」などということばで知られています。

しかしインドでは、非常に古い時代には、アスラはむしろ高い神格を示すことばでした。

一方、古代イランでは、ゾロアスターの宗教改革の結果、アスラに対応するアフラの代表神アフラ・マズダーが最高神となりました。つまりアスラはインドにおいては悪魔になったが、イランでは最高神となったのです。

古いヴェーダ聖典における最大の神（デーヴァ）はインドラ（帝釈天《たいしゃくてん》）です。この神はヴァジュラ（金剛《こんごう》）という武器を投じて、川の水を堰き止めているヴリトラという悪竜を退治する英雄神です。さらに神々の王であり、アイラーヴァタという象に乗って東の方角を護る神とされました。

しかし後代になると、インドラの地位は少し落ち、やや滑稽な面が出てきます。例えば好色な神とされ、あるとき聖者の妻を誘惑して交わり、その聖者に呪いをかけられて睾丸を失う、という話もあります。大体このインドラは、聖者の苦行を恐れます。そこで天女を派遣して聖者を誘惑し、修行の妨害をするとされます。これはインド古典において非常に好まれたテーマで、なかでも一角仙人の話が有名です。

女性を知らない聖者である一角仙人を、インドラが天女を派遣して誘惑させるという筋です。一角仙人の伝説は、その筋は若干変化しつつも、『大智度論』などの仏典を通じて日本に入り、『今昔物語』や『太平記』で取り上げられ、謡曲の「一角仙人」や歌舞伎の「鳴神《なるかみ》」へと展開します。

インドラ（帝釈天）南インドの木彫

インドラが代表的なデーヴァであるのに対して、ヴァルナ（水天）は代表的なアスラで、天の法則や人倫の道を護る神でした。この神は投げ縄のようなものを手にして、それで罪人をしばり上げます。さらに、罪を犯した者を水ぶくれにしてしまいます。もともと水との結びつきが強い神で、後には海を護る神とされました。ちょうど西洋のネプチューンのような神です。この神はマカラ（摩《ま》竭魚《かつぎょ》）という魚に乗るとされます。マカラとは、象のような顔をした大魚で、イルカともワニともいわれています。ヴァルナは西の方角を護る神です。これも日本に入り、水天として信仰されています。

次にアグニという火の神がおります。この神は火の中にくべられた供物を神々に届ける役目をします。仏教に取り入れられ、「火《か》天《てん》」と漢訳されましたが、日本では日常的に信仰されている神ではありません。しかし天台宗や真言宗の寺院では、毎朝のように護《ご》摩《ま》がたかれます。「護摩」は「ホーマ」というインドのことばを音写したものです。火の中に供物を投じる儀式をホーマといいます。

またヤマ（閻魔《えんま》）という神は、元来は死者の王で、『リグ・ヴェーダ』においては、最高天の楽園に住むとされました。後に地獄に住む死神となり、死者の審判を行う峻厳な神とされるようになりました。ヤマは南の方角に住むとされることから、インドでは南は不吉な方角とされました。このヤマは、日本でも閻魔さまとして非常に恐れられると同時に、親しまれてもきました。

次にサラスヴァティーという女神は、もともとは川の女神、水の女神だったのですが、後にことばの女神と同一視されるようになり、しだいに学問、芸術の女神とされるように

ヴァルナ（水天）とその妻ヴァルナーニー（プリンス・オブ・ウェールズ博物館）

火神アグニ（マドラス国立博物館）

水牛に乗るヤマ（右）
（マドラス国立博物館）

サラスヴァティー（弁才天）
（アシュトシュ博物館）

なり、仏教で取り入れられ、「弁才天」と漢訳されました。この女神は白衣をまとい、ヴィーナーという楽器を手にしております。この楽器は琵琶に相当します。

弁才天は七福神の一つとして、日本の民衆に非常に人気があります。日本では「弁財天」と、「才」の代わりに「財」をあてる場合も多いようです。これは当て字かと思われますが、『リグ・ヴェーダ』を見ますと、もともと財宝の神の性格も多分にあったようです。水の女神、豊穣の女神でありますから、財宝をもたらすとされ、「財」という字を当てても、間違いとはいい切れないようです。

ヒンドゥー教の三大神

以上は、古いヴェーダ聖典にあらわれる重要な神々です。それがヒンドゥー教においても重要な神と見なされました。ところがヒンドゥー教で三大神とされるのは、梵天《ぼんてん》（ブラフマー）、ヴィシュヌ神、シヴァ神です。梵天が創造した世界をヴィシュヌが維持し、シヴァが破壊するとされました。

ブラフマー（梵天）という神は、宇宙の最高原理ブラフマン（梵）を神格化した神で、世界を創造した神ですが、インドの民衆の間ではそれほど信仰されなかったようです。彼

ブラフマー（梵天）
（ネパール国立博物館）

ヴィシュヌ
（ニューデリー国立博物館）

は人類の祖父とあがめられております。しかし無責任なところもあり、悪魔や悪人も創造します。創造するだけで、我々を護ったり救済する役割は別の神にまかせるのです。少し後代になると、世界を創造するにしても、他の二大神のいずれかの影響下で創造するとされるようになりました。初期仏典にもよく登場し、例えば、悟りを開いた釈尊に、教えを広く一般に説くように要請したという伝説は有名です。

七福神の一人である毘沙門天《びしゃもんてん》（多聞天《たもんてん》）は、この梵天の孫あるいは曾孫とされます。原名はヴァイシュラヴァナ、またはクベーラといいます。もともとは財宝の神であり、ヒマラヤのカイラーサ山で、夜叉《やしゃ》の王として豪奢な暮らしをしているとされました。これは日本では戦《いくさ》の神とされますが、元来は軍事的には弱い神で、異母弟のラーヴァナに財宝を奪われたという神話があります。

次にヴィシュヌ神は、梵天の創造した世界を維持する神です。梵天はこの神の臍《へそ》から生じた蓮の花の中から生まれるとされます。このヴィシュヌ神は、神々と阿修羅たちを指揮して大海を攪拌《かくはん》し、不死の飲料である甘露（アムリタ）を得ました。そして、そのとき海から生じた吉祥天（シュリー・ラクシュミー）を妻にし、ガルダという巨鳥に乗るとされます。

ガルダは迦楼羅《かるら》と音写されています。伎楽《ぎがく》のお面に迦楼羅の面があり、この面をつけて迦楼羅の舞が舞われました。また、ガルダは烏天狗の原形ではないかという説があります。ガルダは東南アジアでも人気があり、インドネシアのガルーダ航空の名もこのガルダに由来しています。

このガルダは、竜（蛇）を食べるとされます。インドの竜はナーガと呼ばれ、中国の竜とは形が違って、実はコブラのことです。インドでナーガの像といえばコブラの形をしています。

踊るシヴァ
（ニューデリー国立博物館）

このガルダとナーガ、つまり迦楼羅と竜は、仏教では天竜八部衆のうちにあげられています。天（神）、竜、夜叉（ヤクシャ）、乾《けん》闥婆《だつば》（ガンダルヴァ）、阿修羅、迦楼羅、緊那羅（キンナラ）、摩睺羅迦《まごらか》（マホーラガ）、これが八部衆です。夜叉とは樹木や池などに宿る鬼霊です。乾闥婆は天上の音楽師とされます。緊那羅も乾闥婆と同じような半神で、やはり音楽に優れているとされます。摩睺羅迦すなわちマホーラガは大蛇という意味です。もし竜がコブラなら、マホーラガはおそらくニシキヘビのような大蛇が神格化されたものではないかと思われます。

ヴィシュヌ神は、ヒンドゥー教の二大神の一つですが、あまりにも偉大すぎて、そのために仏教には直接的な形で取り入れられませんでした。例えば、金剛力士の一つに那羅延《ならえん》金剛というのがあります。この那羅延はナーラーヤナというヴィシュヌ神の別名を音写したものです。また馬頭《ばとう》観音（ハヤグリーヴァ）は、ヴィシュヌ神が馬の顔をもつようになったときの姿を取り入れたものです。しかし、いずれにせよ、直接的に取り入れられてはいません。ヴィシュヌ神はヒンドゥー教のエースでしたので、仏教では「隠された神」となったと考えられます。

次に、ヴィシュヌ神と並ぶシヴァ神について見てみましょう。シヴァ神はヴィシュヌ神が維持した世界を破壊します。しかし、帰依する信者には非常に恵み深い神であります。シヴァ神の妻はヒマラヤの娘です。パールヴァティーとかウマーとかドゥルガーなどと呼ばれ、非常に恐ろしい女神になるときはカーリーと呼ばれます。

シヴァ神はヒマラヤ山中で苦行に没頭していました。愛の神カーマはシヴァの愛をかきたてて、苦行の妨害をしようとしました。シヴァは額にある第三の眼から火焔を放射してカーマを燃やしたと伝えられます。この愛の神カーマは、花でできた五本の矢を放って、人の恋心をかきたてるとされます。ちょうど仏教の愛染明王《あいぜんみょうおう》に対応する神です。「愛染」

の原語はラーガですが、ラーガはカーマの別名です。

シヴァ神とその妃の間にできた子供が軍神スカンダ（韋駄天《いだてん》）です。また象の顔をしたガネーシャ（聖天）もシヴァ神の息子です。この二人の息子も日本においてよく知られ、特に後者は民衆の絶大な信仰を受けております。

シヴァ神の場合も、やはり偉大すぎたので、仏教では「隠された神」となってしまいました。それでも大自在天《だいじざいてん》（マヘーシュヴァラ）として仏典に登場してきます。また大黒天の原名はマハーカーラといいます。それはシヴァ神が世界を破壊する恐ろしい姿をあらわしたときの名前です。このように、非常に恐ろしいものが、同時に非常に恵みあるものになるという考え方があります。この恐ろしい大黒が福の神となって、七福神の一つとなりました。比叡山などにある「三面の大黒」は、シヴァ神の特徴を残したものではないかと推量いたします。

また、観音の一つに青頸《しょうきょう》観音がありますが、これもシヴァ神に由来します。シヴァ神は、海から猛毒が出て世界を焼き尽くしそうになったとき、世界を救うためにそれを飲み干したために、首が焼けて青黒くなったので、「青頸」（ニーラカンタ）と呼ばれます。

それから、千手観音や十一面観音もシヴァ神ときわめて密接な関係にある観音です。そして、不動明王にも、シヴァ神の性格が反映しているといわれます。

シヴァ神の恐ろしい妻カーリーに仕える魔女たちはダーキニーと呼ばれ、これが荼吉尼《だきに》（荼枳尼）と音写されました。このダーキニーたちは子供や女性をさらってきて、火葬場でカーリー女神のいけにえにすると見なされました。密教では、荼吉尼は大黒天（シヴァ神）に属する夜叉神であり、野干《やかん》という動物に乗るとされます。野干は、実はジャッカルのことです。ジャッカルは墓地（火葬場）をうろついて死体を食べますので、カーリーやダーキニーたちとは非常に縁が深かったのです。ところがジャッカルという動物は、インドでは大変ポピュラーな動物だったのですが、中国や日本では正体がわからず、狐であると見なされたと推測されます。日本では、ダーキニーは稲荷と関係づけられました。ダーキニーの乗物である野干が狐と見なされたことから、稲荷と結びつけられたのではないかと推測します。有名な豊川稲荷は曹洞宗のお寺（妙厳寺《みょうごんじ》）ですが、本尊は荼吉尼天の尊像です。『平家物語』に、荼吉尼の法が百日間行われたとありますが、荼吉尼はそのころからずっと日本で信仰されてきたようです。

そのほか、ヒンドゥー教あるいはインド土俗の神で、日本で信仰されているものに、マリーチ（摩利支天《まりしてん》）があります。マリーチは蜃気楼やかげろうのことです。さらに、ハーリーティー（鬼子母神）は地母神の一種で、仏伝文学で有名です。またクンビーラは金比《こんぴ》羅《ら》と音写されますが、これはワニのことだといわれています。

日本に根づくヒンドゥー教の精神

以上のように、日本人がいかに日常的にヒンドゥー教の神々を拝んできたか、また現在も拝んでいるか、ということがおわかりになったと思います。我々はヒンドゥー教の神々に囲まれて生活しております。

ところが、我々は単にヒンドゥー教の神々を拝んでいるだけではありません。実はヒンドゥー教の有力な考え方が仏教を通じて日本に入り、日本の宗教や文化に多大な影響を与えたのです。そんなことはないと思われるかもしれませんが、しかし、日本人はヒンドゥー教の最も良質の部分を、仏教を通じて受け入れたと筆者は考えます。日本人はいわば「隠れヒンドゥー教徒」であるといっても過言ではありません。そのことを示すことが、本書の目的の一つでもあります。

本書で取り上げる『バガヴァッド・ギーター』は、ヒンドゥー教の代表的な聖典です。大ざっぱにいえば、この聖典に説かれたような思想が、ある時期に大乗仏教に影響を与えたと考えられます。それは、絶対者すなわち最高神がすべてに遍満し、個々のもののうちにも入り込んでいるという考え方です。言いかえれば、我々個々人のうちに神の性質があるということです。この考え方が、ある時期に、直接的間接的に大乗仏教に強い影響を与え、その結果生まれたのが如来蔵《にょらいぞう》思想であるということができます。すべての人に如来たる可能性がある、すべての人に仏性《ぶっしょう》がある、とする考え方です。それが仏教を通じて日本に入り、我々がそのまま仏である、真如であるとする、天台宗を中心とする本覚《ほんがく》思想へと展開し、日本の宗教文化、さらには日本人一般のものの考え方に大きな影響を与えたのです。例えば、「仏はつねにいませども、現《うつつ》ならぬぞあわれなる」(『梁塵秘抄』)などの今様は、日本の中世社会に広まり、このような考え方は、やがて民衆の間に浸透しました。

以上のような仮説——といっても極めて確実性の高い仮説——を立てて、これから『バガヴァッド・ギーター』を読んで解説しながら、その妥当性を検討してみたいと思います。

第1章　ヒンドゥー教の聖典と『ギーター』

ヴェーダ聖典

　ヒンドゥー教が日本人の信仰や文化に大きな影響を及ぼしていると述べましたが、ここで、ヒンドゥー教の聖典について概観いたします。ヒンドゥー教の基本的な聖典としては、「ヴェーダ」と呼ばれる一連の聖典があります。ヴェーダというのは「知識」という意味です。最も古いヴェーダが『リグ・ヴェーダ』（讃歌の集成）です。紀元前一二〇〇年ごろに作られたとされます。「作られた」といいましたが、実はヴェーダ聖典は永遠の存在であって、ある時期に特定の作者が作ったものではないと考えられていました。霊感のある卓越した聖者（カヴィ＝詩人）が超越的な状態に入ったとき、真実のことばが閃き出たもの、それがヴェーダ聖典であるということです。その後も、インドにおいて、聖典はこのようにして「作られた」と考えられます。「仏説」を標榜する仏教経典の場合も、霊感にめぐまれた聖者が現に仏と対面し、真実の教えを聞いて、それを顕《あらわ》にしたものにほかならないと類推されます。このような霊感は、ヨーガなどの修行者の霊感や、純文学の詩人の霊感と共通のものと見なされ、心が非常に集中し、この上なく純粋な状態になったとき、真実の意味が閃き出るのであると考えられました。

ヴェーダ聖典としては、ほかにも、歌詠を集めた『サーマ・ヴェーダ』、祭祀《さいし》の文句を集成した『ヤジュル・ヴェーダ』、呪法に関する語句を集めた『アタルヴァ・ヴェーダ』があります。『サーマ・ヴェーダ』は、インド音楽の源流とされ、仏教音楽の声明《しょうみょう》の源ともいわれております。また『アタルヴァ・ヴェーダ』は、呪法に関する部分が多いので、密教の源流であるといわれています。

大叙事詩『マハーバーラタ』

ヒンドゥー教の聖典としては、そのほかに、二大叙事詩である『マハーバーラタ』と『ラーマーヤナ』があります。『マハーバーラタ』は、十八巻、十万詩節（正確には約九万詩節）からなる世界最大級の叙事詩です。作者は聖者ヴィヤーサであると伝えられています。その成立年代ははっきりしませんが、大体紀元前後にできたとみてよいと思います。

一般には、紀元前四世紀ごろから紀元後四世紀ごろにかけて、しだいに現在の形になったといわれております。非常に大まかな年代ですが、インドは歴史のない国といわれ、年代決定も大まかです。

仏教の開祖である釈尊の年代も、紀元前五世紀に亡くなったという説と、紀元前四世紀に亡くなったという説があり、いまだに論争が続けられています。約百年のずれがありますが、インド古代史としては百年の違いなどは大したことはなく、奇跡的に正確に年代がわかる例とされています。

『マハーバーラタ』の主筋は、バラタ族という一族の間の大戦争を中心にしています。インド人は自分の国をバーラタと呼んでいます。つまり彼らは、バラタ族が自分たちのルーツであると考えております。

これから読んでいく『バガヴァッド・ギーター』は、『マハーバーラタ』の中の一編ですので、まず『マハーバーラタ』の内容を少し詳しく紹介しようと思います。

昔、バラタという王がいて、バラタ王の孫にクルという王がいました。そのクルの末裔をクル族（カウラヴァ）といいます。このクル王の孫にシャンタヌという王がいました。このシャンタヌはガンジスの女神（ガンガー）と結婚し、ビーシュマという英雄の息子を得ました。その後シャンタヌ王は、サティヤヴァティーという美しい漁師の娘を王妃にしました。彼女は王権を継承すべき二人の息子を生みます。父王の死後、この二人は次々と王になりましたが、いずれも若くして死んでしまいました。

王妃サティヤヴァティーには秘密の過去がありました。彼女はかつて、ある聖者と交わり、ヴィヤーサという息子を生んでいます。そこで彼女は、偉大な聖者となっていたヴィヤーサを呼び出して、夭折した二人の王の妻たちに子種を与えてもらいたいと頼みます。その結果生まれたのが、ドリタラーシトラとパーンドゥという兄弟でした。ドリタラーシトラは盲目でしたので、弟のパーンドゥが王位を継ぎました。パーンドゥの息子たちがパーンダヴァの五王子です。兄のドリタラーシトラの息子たちがクルの百王子です。

パーンドゥはある日、鹿の姿をして妻と交わっていた隠者を鹿と間違えて射殺《しゃさつ》しました。そのとき、その隠者に呪われて、彼は二人の妻のうちの一人と交わっているうちに、急死してしまいました。そこで盲目のドリタラーシトラが王となります。その息子の百王子たちは、ありとあらゆる卑劣な手段を用いて、パーンダヴァ五王子を苦しめました。そしてついには、いかさま博打《ばくち》によって、五王子の全財産と王国を没収してしまいました。

五王子は百王子側にいわれたとおりの条件を守り、十二年間森で亡命生活をして、十三年目には、人に知られないようにして生活しました。その間に多くの味方を獲得しました。そして十三年がすぎたとき、約束どおり領土を返還するように百王子側に要求しますが、百王子側はそれを拒否します。こうしてついに両軍による戦争が始まったのです。

いよいよ両軍がぶつかり合おうとしたとき、パーンダヴァの勇士アルジュナは、同族同

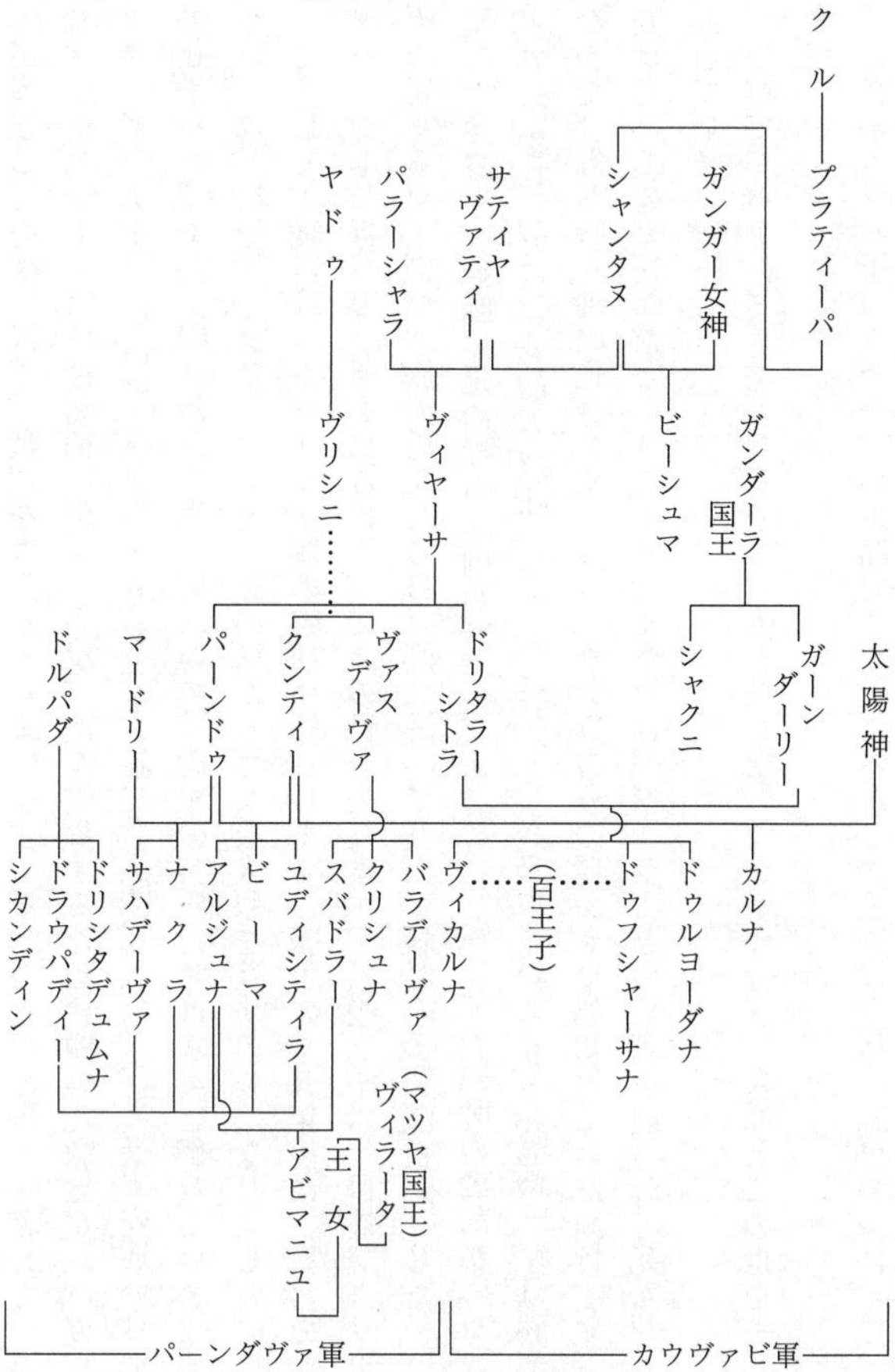

『マハーバーラタ』の家系図

士が戦うことを深く悩み、戦意を喪失してしまいます。そのとき彼の御者を務めていた賢者クリシュナ——実は最高神の化身——が、彼を鼓舞するために説いた教えが『バガヴァッド・ギーター』(神の歌)です。クリシュナの教えを聞いて、アルジュナの迷いは消え失せました。十八日間にわたる激戦において、両軍の英雄たちは次々と倒れていきます。ついには、五王子とクリシュナと、そのほかわずかな人数を残すのみとなりました。

こうして、戦いはパーンダヴァ側の勝利に終わります。戦争の十五年後に、盲目のドリタラーシトラは、妻とともに森に入ってこの世を去ります。戦後三十六年目に、クリシュナの属するヤーダヴァ族の勇士たちは、酒に酔って互いに殺し合って滅亡しました。クリシュナ自身も、猟師に足のうらを射られて亡くなりました。その猟師の名前が「ジャラー」、つまり「老い」という意味です。やはりクリシュナといえども「老い」には勝てなかった。もちろん神の化身ですから、そういう自分の運命も全部知っていたわけです。人間は老いて死ぬ運命だということを示すために、ジャラーという者に射られて死んだといわれています。

やがて、パーンダヴァの五王子も、妻とともにヒマラヤに行き、次々とこの世を去ります。

これが『マハーバーラタ』の主筋です。ところがこの主筋は全体の五分の一ほどで、そ

叙事詩『マハーバーラタ』の浮彫（エローラ第16窟）

の間におびただしい神話、伝説、物語、種々の学説が挿入されています。ここで取り上げる『バガヴァッド・ギーター』のような哲学的・宗教的な文献も編入されています。むしろヒンドゥー教の研究者としては、物語の主筋以外の部分のほうが重要であるといえるほどで、これは当時の宗教・思想・文化・社会状況などをよく伝える百科全書的な書物なのです。

大叙事詩『ラーマーヤナ』

次に、『マハーバーラタ』と並び称せられる叙事詩『ラーマーヤナ』についても、簡単にふれておきます。『ラーマーヤナ』というのは、「ラーマの業績」または「ラーマの冒険」というような意味です。『マハーバーラタ』に前後して成立したと推測されますが、インドの伝承では、それよりも先に作られたとされます。『ラーマーヤナ』は七巻、二万四千詩節よりなり、大詩人である聖者ヴァールミーキの作と伝えられています。詩人が同時に聖者であるという伝統がインドにはありました。前に述べましたように、詩人がある超越的な状態に入ったとき、真実のことばが閃き出て作品となる。それがインドの伝統であると考えられます。

ラーマはダシャラタ王の息子です。このラーマ王子が、妻のシーターを誘拐した、ランカーを治める羅刹《らせつ》王ラーヴァナを殺すまでの話が、『ラーマーヤナ』の主筋です。このラーヴァナは典型的な悪役ですが、梵天《ぼんてん》の孫または曾孫といわれています。

ラーヴァナは毘沙門天《びしゃもんてん》の異母弟で、兄の財産を奪ったり、ランバーをむりやり犯したり、悪行の限りをつくしましたので、神や天人たちの呪いを受けます。このラーヴァナは激しい苦行をした結果、梵天の恩寵を得て、神々や魔類に殺されないものとなります。ところが梵天は、人間に殺されないという条件を除外していました。そこでヴィシュヌ神は、ラーヴァナを殺すために人間に化身して、ラーマとして生まれたという設定がなされます。

ラーマはめでたくラーヴァナを殺して、シーターを取りもどしますが、人々は、シーターが一年間もラーヴァナに幽閉されていて、その間に無事だったはずがない、ラーヴァナに何かされたろうと疑います。そこでシーターは、自分が潔白であったら無事に出られると誓い、火に飛び込みます。そして無事であったので疑いは晴れました。しかしそれにまだ後日譚があり、後編で、いまだシーターの貞節を疑う国民の声があるのを知って、ラーマはシーターを捨てます。シーターは母なる大地に抱かれてこの世を去ります。しかし彼女は、ラーマとの間にクシャとラヴァという双生児をもうけておりました。この二人の男の子は、聖者ヴァールミーキに教育され、『ラーマーヤナ』という叙事詩をラーマ王の前で暗唱し、この叙事詩は世に広まることになります。

『ラーマーヤナ』は、悲しみの情緒（カルナ・ラサ）を主題としているとされます。『マハーバーラタ』と比較しますと、この作品はラーマという一人の英雄を主人公として、主要な筋以外の要素も『マハーバーラタ』ほど多岐にわたらず、英雄伝説としてより一貫性があります。そのため後代に、インド国内はもとより、東南アジアにも伝わり、ラーマを主人公とする演劇、歌、舞踏、人形劇、影絵芝居など、いろいろなジャンルのおびただしい作品が作られました。日本にも入って、平康頼の『宝物集《ほうぶつしゅう》』に、『ラーマーヤナ』の物語のごく一部が伝えられております。

その他のヒンドゥー教文献

ヒンドゥー教の聖典としては、二大叙事詩のほかに、「プラーナ」（古伝承）と呼ばれる膨大な文献群があります。「プラーナ」は古くから伝えられた物語、伝説などを集めたものですが、その他、宗教、哲学、法典、政略論、美術、建築、数学、天文学、占星術、医学、美学、音楽など、諸学に関する記述が含まれており、まさに壮大な百科全書というべきものです。四世紀ごろから十四世紀ごろにかけて、しだいに現在の形になったと推定されています。

ヒンドゥー教の聖典としては、そのほかに『マヌ法典』を代表とする法典類があります。「法」と訳されるダルマを説いた書です。ダルマとは、ヒンドゥー教徒の守るべき宗教的・社会的な義務です。古来インド人は、ダルマとアルタ（政治、経済などの実利）とカーマ（性愛を代表とする享楽）を人間の三大目的としました。ですからアルタを説く書もあり、その代表がカウティリヤ作とされる『アルタ・シャーストラ』（『実利論』）です。それからカーマを説く書もあります。『カーマ・スートラ』は有名です。洗練された享楽的な生活、あるいは男女の性交について、多様な情報を与えてくれる書です。そのほかにも、ヒンドゥー教の哲学諸派の文献、さらにヴィシュヌ派やシヴァ派などのヒンドゥー教諸派の聖典もあります。

インド精神を謳う『ギーター』

以上のように、ヒンドゥー教には多くの聖典がありますが、なかんずく尊重されているものが『バガヴァッド・ギーター』です。インド精神を代表する書を一冊挙げよといわれたら、『バガヴァッド・ギーター』を挙げるといわれています。キリスト教には『聖書』、イスラム教には『コーラン』があり、仏教には『般若心経』や『法華経』や「浄土三部経」などの諸経典がありますが、ヒンドゥー教の代表的な聖典が『バガヴァッド・ギーター』であるということです。

バガヴァットとは、崇高なる神や偉人を呼ぶことばです。仏教の経典においても、ブッダをさすことばとして用いられ、「世尊」と漢訳されました。またギーターは「歌」という意味です。ですから『バガヴァッド・ギーター』を「世尊の歌」と訳すことも可能です。そうすると偶然の一致ですが、題名だけから見ると、「観音経」の中の韻文である「世尊偈《げ》」と似ているといえます。

ヒンドゥー教にも多くの流派がありますが、ほとんどの流派によって『バガヴァッド・ギーター』は常用経典として尊重されてきました。ちょうど日本仏教の諸宗派における『般若心経』や「観音経」にあたるものです。『ギーター』は、シャンカラやラーマーヌジャなど、過去のインドの偉大な宗教家や思想家に重視され、また近代や現代の有力な宗教家や文化人たちも『ギーター』を大きなよりどころとしてきました。

ある現代インドの聖者が、すべての人が神であることを説き、「自分は自分が神であることを知っている。しかしあなた方は知らないが」というようなことを説いたといいますが、これは『ギーター』の表現を多少アレンジしたものにすぎません。近年のインドの聖者たちが語ったことばは、『ギーター』から借りている場合が多いのです。ほぼ二千年間にわたり、『ギーター』はインドの知識人にはかりしれない影響を与えてきました。『ギーター』はまた、インド国外でも高く評価されてきました。アラビアの十一世紀の有名な旅行家（アル）ビールーニーは、著書の中に『ギーター』の一節を引用したといわれています。また十七世紀にはペルシャ語訳もいくつか作られています。一七八五年には早くも英訳され、サンスクリット語で書かれた文献のうちで、最初にヨーロッパのことばに訳されました。

それから『ギーター』は、ロマン派の文学者たちにも注目されました。なかでもシュレーゲル兄弟などが有名です。また、プロイセンの宰相であったフンボルトは『ギーター』を絶賛しました。アメリカの詩人エマソンも、『ギーター』から着想を得たといわれます。フランスの作家アルベール・カミュは、十八歳のとき、先生のジャン・グルニエの影響のもとに『ギーター』を読みました。『孤島』の作者であるグルニエがインド通であったことはよく知られています。また、思想家シモーヌ・ヴェーユは『ギーター』を愛読し、自ら『ギーター』を抄訳し、その「日記」においても『ギーター』に言及しております。

以上は氷山の一角にすぎません。英語、フランス語、ドイツ語などで書かれた『ギーター』の翻訳、研究書、紹介書はおびただしい数にのぼり、その主なもののリストを挙げるだけでも分厚い書物になり、実際そういう目録が出版されております。そのような『ギーター』に関する出版物を読んで深い感銘を受けた人々は、無数にいることと思います。

残念ながら日本では、仏典はよく読まれていますが『ギーター』はそれほど読まれていないようです。しかし世界的なレベルで見れば、『般若心経』よりも『ギーター』のほうが、はるかに多くの読者をもっています。そして日本でも、最近は仏教を介在しないで、直接にインドの宗教や文化に関心を抱く人々がふえてきました。これからは、『ギーター』もより多くの人々に読まれるようになると期待します。

この『ギーター』は、大叙事詩『マハーバーラタ』第六巻に入っています。この叙事詩はカーラ――時間、死神、運命などを意味することば――に支配される人間存在のむなしさを説いています。後代の詩人は、寂静の情調（シャーンタ・ラサ）がこの叙事詩の主題であるといっています。しかし作中の人物たちは、無常な人生を送る中で、自らに課せられた過酷な運命に耐え、激しい情熱と強い意志をもって自己の義務を遂行していきます。

この世に生まれたからには、自分に定められた行為に専心すること、これこそ『ギータ」の強調するところでもあります。

第2章　不滅の存在

勇士アルジュナの苦悩

いよいよこれから『ギーター』の内容を見てまいります。『ギーター』第一章と第二章に「バガヴァット」（尊者、世尊）と呼ばれる賢者クリシュナが、パーンダヴァの英雄アルジュナに教えを説くことになったいきさつが語られています。

『ギーター』全体は、クル族の盲目の老王ドリタラーシトラが、御者であり同時に吟誦詩人でもあるサンジャヤの報告を受けるという設定になっています。語り手のサンジャヤが戦況を全部見られるように、聖者ヴィヤーサ（『マハーバーラタ』の作者）は彼を千里眼にします。つまり戦場のすべてを見わたせる能力を授けたのです。この恩寵によって、彼は盲目の老王に戦況を逐一報告します。

いよいよ合戦が始まったとき、勇士アルジュナは、戦うべき相手を求めて敵軍を見渡して、そこに大勢の親類や友人たちや、自分の師と仰ぐ人々が立っているのを見て、非常に悲しみます。沈みこんで、御者をしてくれていた親友のクリシュナ――実は最高神の化身――に次のように告げます。

クリシュナよ、戦おうとして立ちならぶこれらの親族を見て、私の四肢は沈みこみ、口は干凅《ひから》び、私の身体は震え、総毛だつ。ガンディーヴァ弓は手から落ち、皮膚は焼かれるようだ。私は立っていることができない。私の心はさまようかのようだ。私はまた不吉な兆を見る。そしてクリシュナよ、戦いにおいて親族を殺せば、よい結果にはなるまい。クリシュナよ、私は勝利を望まない。王国や幸福をも望まない。……ああ、我々は何という大罪を犯そうと決意したことか。王権の幸せを貪り求めて、親族を殺そうと企てるとは。（一・二八～三二、四五）

そういってアルジュナは、弓矢を投げ捨てて、悲しみに心乱れ、戦車の座席に座りこんでしまいます。

ここで『ギーター』の第一章は終わります。バガヴァット、すなわちクリシュナは、沈みこむアルジュナに、心の弱さを捨てて立ち上がれと励まします。アルジュナは、敵側にいる自分の師匠や親族の人々を殺すまでして生き延びたいとは望まないと告げ、クリシュナに、迷っている自分を教え導いてほしいと頼みます。そして「自分は戦わない」といって沈黙してしまいます。

それに対して、クリシュナは微笑して次のように答えます。これからクリシュナの教えが始まるのです。

個人の中心主体

あなたは嘆くべきでない人々について嘆く。しかも分別くさく語る。賢者は死者についても生者についても嘆かぬものだ。

私は決して存在しなかったことはない。あなたも、ここにいる王たちも……。また我々はすべて、これから先、存在しなくなることもない。

主体（個我）はこの身体において、少年期、青年期、老年期を経る。そしてまた、他の身体を得る。賢者はここにおいて迷うことはない。

しかしクンティーの子よ、物質との接触は、寒暑、苦楽をもたらし、来たりては去り、無常である。それに耐えよ、アルジュナ。

それらの接触に苦しめられない人、苦楽を平等（同一）のものと見る賢者は、不死

となることができる。　　　　　　　　　　　　　　　　　　　（二・一一〜一五）

アルジュナは自分の縁者や友人が死ぬことを嘆きますが、クリシュナによれば、人々が死のうと生きようと、嘆く必要はないといいます。実は、我々を成り立たせている個人の中心主体（個我）があって、それは過去・現在・未来にわたって永遠に存在しているからです。ある肉体を得たその個人の中心主体は、少年期、青年期、老年期を経て、死後に他の肉体に移ります。これが輪廻《りんね》の主体であると考えられています。その個人の主体が肉体を得るということは、物質と接触することになり、我々は、寒暑や苦楽を経験することになります。人間をはじめとする諸生物は、それに耐えなければいけない、とクリシュナは教えています。

物質との接触に苦しめられない人、つまり苦楽を平等、同一のものと見る賢者は、生死を解脱《げだつ》することができるとされます。実はこれが『ギーター』のテーマなのです。この第二章の少し後の箇所でわかるように、『ギーター』はヨーガについて教える書であり、そのヨーガは「平等の境地」と定義されております。この境地に至ることができれば、その人は物質との接触による苦しみを離れることができ、輪廻転生《りんねてんしょう》から解放される、すなわち解脱することができるとされるのです。

個人の中心主体は、霊魂のようなものと考えてよいでしょう。これらは特定の肉体と結ばれている間は個人の中心主体（個我）ですが、同時にそれは「全世界を遍《あまね》く満たすもの」（二・一七）と見なされております。逆にいえば、宇宙を遍《あまね》く満たすものが、精気、霊気（西洋のエーテルに相当）のように、個々の生物に霊妙なあり方で入りこんでいると考えられます。

『ギーター』でも大乗仏典でも、よく絶対者を虚空（アーカーシャ）にたとえます。アーカーシャは大空のことですが、同時に五元素の一つと考えられ、ちょうど西洋のエーテルのように、あまねくすべてをおおっていると同時に、すべてのものに浸透しているとされます。

このように、個人の中心主体が宇宙的な存在と関係をもっているということです。我々の肉体は有限ですが、個人の中心主体は不滅であるといわれます。

彼は決して生まれず、死ぬこともない。彼は生じたこともなく、また存在しなくなることもない。不生、常住、永遠であり、太古より存する。身体が殺されても、彼は殺されることがない。（二・二〇）

「彼」というのは個人の中心主体です。この個人の中心主体は決して生まれたり、死んだりしません。不生不滅《ふしょう》です。決して生まれないとは、永遠の過去から存在してきたということです。だから、ある時点で生まれたり、滅したりはしないのです。永遠の過去から永遠の未来にわたって存在します。永遠であり、太古より存在し、身体が殺されても、彼は殺されることがありません。

この個人の主体は、人が死ぬとき、古い身体を捨てて新しい身体に移るといわれます。

人が古い衣服を捨て、新しい衣服を着るように、主体は古い身体を捨て、他の新しい身体に行く。（二・二二）

ちょうど、古い衣服を捨てて新しい衣服を着るのと同じように、個人の中心主体は古い身体を捨てて他の新しい身体に移ります。これが輪廻する主体です。

仏教では輪廻の考えを受け継いだのですが、個人の中心主体、つまり「我《が》」の考え方を否定して「無我」を説きました。仏教の場合は、輪廻の中心主体が何かということで非常に苦労し、しだいにヒンドゥー教のほうに近づいてきて、ついに「我」（アートマン）を認めざるを得なくなり、大乗経典の『涅槃経《ねはん》』などでは、「我」を肯定するようになりました。もちろん「外道《げどう》の我」とは異なると説いていますが、仏教としてはそこに大きな転換があったわけです。

自己の義務（ダルマ）

その個人の中心主体は常に存在し、あまねく存在し、不滅であるから、彼が殺されても彼の主体は消滅しない。だから嘆くことはない、とクリシュナは説きます。

我々には一人一人、霊魂のようなものがあります。それは不滅で、人が死ぬと輪廻の主体となって他の身体に移り、再生するとされます。しかもこの霊魂のような存在は、永遠に実在します。このような存在に思いをはせ、その存在を確信するとき、人はもはや自分や他人の死を恐れることはなくなります。クリシュナはそのような存在が実在することを理性的に説いて、人を殺したくないというアルジュナの悩みを解消させようとしたのです。

人は常に生まれては死んでいきますが、クリシュナはそれを嘆くべきでないと教えます。

生まれた者に死は必定《ひつじょう》であり、死んだ者に生は必定であるから。それ故、不可避のことがらについて、あなたは嘆くべきではない。（二・二七）

このような輪廻の道理によって生死を繰り返しているのだから、死を恐れる必要はないと説くのはもっともですが、しかしクリシュナの場合は、だから戦って敵を殺せとアルジュナに勧めています。それでは、『ギーター』は人殺しを勧め、人を戦争に駆り立てる教えなのか、という疑問が生じるかもしれません。確かに『ギーター』を悪用しようとすれば、そのような解釈も可能です。しかし、後の箇所でわかるように、『ギーター』も当時認められていた一般の道徳を守るべきだと説いています。無差別に人を殺してよいとは決して教えていません。ただアルジュナのような戦士が、戦場で戦士としての自己の義務(ダルマ)を放棄すべきではないと説くのです。戦士は戦うべきであるというのが常識であったことは、いうまでもありません。

日常的なレベルで、死も生も同じだといっているのではありません。ある非常に高い境地に達したときに同じものになり、すべて平等になると説いているのです。決して日常的なレベルで人殺しを勧めているわけではありません。

更にまた、あなたは自己の義務《ダルマ》を考慮しても、戦慄《おのの》くべきではない。というのは、クシャトリヤ(王族、士族)にとって、義務に基づく戦いに勝るものは他にないから。

(二・三一)

クシャトリヤというのは、戦士、武士の階級です。昔からインドにはカーストという階級制のようなものがあって、現在に至るまで、多種多様なカーストがあることはよく知られています。一般の社会に機能しているいわゆるカーストは「ジャーティ」と呼ばれますが、ヒンドゥー社会の構成員を大きく四つに分類したものは「ヴァルナ」(色) と呼ばれます。これはわが国では一般に「四姓」と訳されています。すなわち、バラモン (聖職者)、クシャトリヤ (王族、士族)、ヴァイシャ (農業、商業、牧畜業など実業に携わる人)、シュードラ (他の階級に仕える人々) です。

ヒンドゥー教の法典では、おのおのの階級の人がそれぞれの義務 (ダルマ) を守るべきであると規定されています。戦士であるクシャトリヤは、戦場で死ぬとすぐに天女が天の車で迎えにきて、天国に導かれると考えられていました。それに対し、もし戦士が自己の義務を遂行しなければ、非常に不名誉なこととされました。

もしあなたが、この義務《ダルマ》に基づく戦いを行わなければ、自己の義務と名誉とを捨て、罪悪を得るであろう。

人々はあなたの不名誉を永遠に語るであろう。そして、重んぜられた人にとって、不名誉は死よりも劣る。

勇士たちは、あなたが恐怖から戦いをやめたと思うであろう。あなたは彼らに敬われていたのに、軽蔑されることになろう。

またあなたの敵は、語るべきでない多くのことを語るであろう。あなたの能力を難じながら。これほどつらいことがあろうか。

あなたは殺されれば天界を得、勝利すれば地上を享受するであろう。それ故、アルジュナ、立ち上がれ。戦う決意をして。（二・三三〜三七）

クリシュナはこのようにアルジュナを元気づけますが、戦って人を殺せば罪になるのではないかという恐れは必ずつきまといます。

すべてを平等のものと見る

そもそもインドでは、何か行為を行えば、よい結果をもたらすこともあるが、悪い結果も残ると考えられていました。むしろ悪い結果になるとする傾向が強かったようです。行為のことをカルマンといい、漢訳仏典で「業《ごう》」と訳します。業はどうも悪いイメージのほうが強く、一般によいとされる行為をしても、必ず何か悪い結果をともなうものです。人間が生きてゆく上で、何か行動をすることが罪深いことだという考えがあったようです。そこで、一般の世間を捨て、社会的な行為を捨てよ、と教える宗教もありました。初期仏教もそういう宗教の一つでした。初期仏典では、繰り返し繰り返し一般の社会を捨てよ、社会人たることを捨てよと説かれています。初期仏教の教えは、一般の社会常識に反する教えが多く、その教えでは一般の社会人は救われないと思うのです。だからこそ大乗仏教が出てきたのでしょう。ヒンドゥー教のほうでも、『ギーター』の場合は、社会を捨ててはいけないと強調し、あくまで現実の社会生活をまっとうすべきであると主張しております。

ところが、社会生活をして、社会的義務を果たすと、どうしてもいろいろと罪悪を犯さなければならない場合も出てきます。例えば軍人なら、人を殺さなければなりません。それでは、社会的義務を果たしてしかも罪に陥らないためにはどうすればよいか、ということを『ギーター』は教えています。クリシュナによれば、この世のすべてを平等なものと見ることがその解決法であるといいます。

苦楽、得失、勝敗を平等(同一)のものと見て、戦いに専心せよ。そうすれば罪悪を得ることはない。 (二・三八)

苦楽、損得などのすべての相対的なことを離れ、すべてを平等に見れば、我々はもはや行為の結果に束縛されることがない。これこそ『ギーター』が繰り返し強調するところです。結論を先にいってしまえば、平等の境地が実現すればヨーガが完成し、悟りの境地に至ることができる。すべてはそこで渾然一体となって、あらゆる相対的なものが消え失せてしまうと説いているのです。

第3章　平等の境地

行為の結果を動機としない

すべてを平等に見るべきであると教えてから、クリシュナは、行為を行うときに行為の結果のことを考えてはいけないと説きます。

あなたの職務は行為そのものにある。決してその結果にはない。行為の結果を動機としてはいけない。また無為に執着してはならぬ。（二・四七）

これは『ギーター』のうちでも非常に有名な文章です。フランスの思想家シモーヌ・ヴェーユなど、多くの人々をひきつけたのはこの文章であったと思われます。行為が必然的に悪い結果をもたらすとはいえ、我々は隠遁者のように社会生活を放棄し、行為を捨ててはいけない。つまり無為に執着するのは正しくないと教えています。後の箇所からも、当時は社会生活を捨てる隠遁者が多かったと推測されますが、『ギーター』は、決して社会的な義務を捨ててはいけないと説いています。

初期仏教では、世俗生活を捨てることが大切だ、一般の世間にとどまることは悪であり愚かであると教えていますが、ヒンドゥー教では、あまり若くして隠遁されては困るという考えがあります。ヒンドゥー教徒の理想の人生は、若いとき、つまり「学生期《がくしょうき》」には、欲望をつつしんで勉強に励む。ある時期になったら、家長になって結婚して家庭を営み、「家長期」を過ごす。次に息子に息子ができたころ、つまり孫ができたころに森に隠遁して「林住期」を迎え、それからさらに、人生の最後に聖地を巡礼して「遊行期《ゆぎょうき》」を送ります。聖地に行き、そこで一生を終えるわけです。これをアーシュラマ（四住期）といい、ヒンドゥー教徒の理想的な生涯と考えられていました。

ところで『ギーター』では、何か行為をする場合、その結果を動機とすべきではない、ひたすら行為そのものに専念せよと教えています。この教えは日常的なレベルでも役に立ちます。自分が何か行為をやっていて、もし成功すればこういう果報があるとか、失敗したら大変に悪い結果になってしまうとか、そう思ったとたん、その考えに執着して仕事に失敗してしまう。現実生活においてよく経験されることです。しかし、結果を考えずになすべき行為そのものに専念することが、実は非常に難しいのです。それではどうすればよいか。クリシュナはそこで、ヨーガによりどころを求めるべきであると説きました。

アルジュナよ、執着を捨て、成功と不成功を平等（同一）のものと見て、ヨーガに立脚して諸々の行為をせよ。ヨーガは平等の境地であると言われる。（二・四八）

ここでヨーガは「平等の境地」であると定義されています。ヨーガといえば、美容や健康のための体操を連想される方が多いかもしれません。また、曲芸のように体をねじるヨーガ行者を連想する人も多いと思います。

少しインド思想を知っている方は、次のようなことを思い起こすかもしれません。ヨーガという学派があって、根本経典『ヨーガ・スートラ』というヨーガに関する文献があり、『ヨーガ・スートラ』（一・二）には、「ヨーガとは心の働きの止滅である」、つまり心の働きを滅することだ、というヨーガの定義が載っている。そして、『ヨーガ・スートラ』（一・二）に対する注釈では、「ヨーガは三昧《さんまい》である」と定義されている。「三昧」とは「サマーディ」というサンスクリット語の音写ですが、非常に深い精神統一のことです。

またヨーガには「結合」という意味もあります。そこで、絶対者と自己を結びつけることがヨーガであるという人もいます。

しかし『ギーター』を読む場合は、そのような先入観をすべて捨てなければなりません。ここでは、「ヨーガは平等の境地である」と定義されています。もっとも、「ヨーガは三昧である」という定義も、決してそれと無関係ではないともいえます。「三昧」の原語の「サマーディ」は、「共に置く、一緒に置く」という意味です。あらゆるものが渾然一体となった、平等となった状態をあらわす語であると解釈できます。そして、ヨーガは絶対者との結合であるという解釈も、『ギーター』においては不可能でないことが、しだいに明らかになってくると思います。

知性の確立——ヨーガの完成

次にクリシュナは、「知性のヨーガ」の重要性を説きます。「知性」の原語は「ブッディ」ですが、「ブッディ・ヨーガ」とは、行為の結果を動機としない知性を確立することです。前後の文脈からすれば、決定《けつじょう》を性とする、確立した知性をそなえ、結果を動機とせず、平等の境地であるヨーガに達することです。

後の章を読みますと、知性の確立には最高神に専念することが必要であって、「知性のヨーガ」とは最高神に「知性」を集中することです。この「知性」については次に説明いたします。

実に、〔一般の〕行為は、知性《ブッディ》のヨーガよりも遥かに劣る。知性に拠り所を求めよ。結果を動機とする者は哀れである。　（二・四九）

「知性」の原語「ブッディ」は、「覚」と漢訳されます。非常に精神的なもののように思われますが、インド思想ではプラクリティ（根本原質、物質的原理）から最初に生ずる、物質的な一器官と考えられていました。「根源的思惟機能」などと訳されます。ブッディは、通常心の最も深層の部分、奥底の部分、あるいはその働きを意味するものと思われます。通常の思考器官よりも、もっと奥でこの根源的思惟機能が働くと考えたわけです。これが働いて「決定《けつじょう》を性とする知性」（上村訳『バガヴァッド・ギーター』二・四一参照）、つまり一種の直観的な知が生ずる場合、その知性をも「ブッディ」と呼んだのだと思います。この意味のブッディは、『ギーター』では非常に高く評価されています。この知性の確立が、すなわち平等の境地であるヨーガの完成になる。いいかえれば、ヨーガを修めれば知性が確立することになるのです。

知性をそなえた人は、この世で、善業と悪業をともに捨てる。それ故、ヨーガを修

めよ。ヨーガは諸行為における巧妙さである。（二・五〇）

知性をそなえた人は、その行為の結果が残らない、行為の影響があとに残らないとされています。「それ故、ヨーガを修めよ」と勧めます。諸行為を行いながらも、知性を確立し、結果に束縛されなければ、平等の境地たるヨーガが実現します。このように行為することを「諸行為における巧妙さ」と表現したのです。行為の結果にとらわれない人は、解《げ》脱《だつ》して最高の境地に達するとされます。

知性をそなえた賢者らは、行為から生ずる結果を捨て、生の束縛から解脱し、患いのない境地に達する。（二・五一）

ここで注目すべきは、『ギーター』は、古くから最高権威であると考えられていたヴェーダ聖典に説かれる形式的な規定を認めなかったということです。いわゆるバラモン教では、ヴェーダ聖典に規定された祭式を実行すれば天国に行ける、天国に生まれる、と考えられていました。しかし天国に生まれたいと願うことは、結局は欲望に根ざし、再生、輪《りん》廻《ね》につながるものです。しかも天国に行っても、また下界に堕ちてこなければなりません。

また、享楽と権力をめざして祭式を行う場合もありました。現世利益を追求するわけです。そのような聖典のことばに心を奪われ、享楽と権力に執着する人々は、知性（ブッディ）つまり心の最も深層の部分の働きが確立して三昧に住することはない、と『ギーター』は主張します（上村訳『バガヴァッド・ギーター』二・四四参照）。しかし逆に、知性が確立し、三昧に住するとき、ヨーガに達することができるということです。

聞くことに惑わされたあなたの知性が、揺ぎなく確立し、三昧において不動になる時、あなたはヨーガに達するであろう。（二・五三）

ヴェーダなどの形式的な知識を聞き、また学者や教養人が説く多彩なことばを聞いて惑わされていた状態から離れ、あなたの知性、すなわち心の最も深層の部分の働きが、非常に深い精神統一の状態（三昧）において不動のものになるとき、あなたはヨーガという絶対の境地に達することができると説かれています。

このヨーガも平等の境地と解してよいと思いますが、『ヨーガ・スートラ』（一・二）の「ヨーガとは心の働きの止滅である」という定義、および『スートラ』（一・一）に対する注釈の「ヨーガは三昧である」という定義と、まったく矛盾するものではないことがはっきりわかります。知性と訳したブッディ（根源的思惟機能）、つまり心の最も深層の部分の働きが、三昧の状態に入って動じなくなるときに、ヨーガが実現するというのです。

そこでアルジュナは、知性が確立した人の状態はどういうものかとクリシュナにたずねます。

知性が確立した人

智慧が確立し、三昧に住する人の特徴はいかなるものか。叡知が確立した人は、どのように語り、どのように坐し、どのように歩むのか。（二・五四）

ここで、「智慧」と訳した原語は「プラジュニャー」で、「般若」と音写されています。「叡知」は「ディー」の訳です。ここではともに「知性」――ブッディ――と同じ意味で用いられています。心の最も深層の部分が働いて生ずる直観的な知をさすと思われます。仏教では特に「プラジュニャー」（般若）ということばを用いますが、『ギーター』では、主として「ブッディ」ということばを使っています。

アルジュナの問いに対し、クリシュナは次のように答えます。

アルジュナよ、意《こころ》にあるすべての欲望を捨て、自ら自己《アートマン》においてのみ満足する時、その人は智慧が確立したと言われる。

不幸において悩まず、幸福を切望することなく、愛執、恐怖、怒りを離れた人は、叡知が確立した聖者と言われる。

すべてのものに愛着なく、種々の善悪のものを得て、喜びも憎みもしない人、その人の智慧は確立している。

亀が頭や手足をすべて収めるように、感官の対象から感官をすべて収めるとき、その人の智慧は確立している。（二・五五〜五八）

「自ら自己（アートマン）においてのみ満足する」というような表現は、インドの古い文献においてよく見られる繰り返し表現です。この「アートマン」という語は、「個人の中心主体」、「真実の自己」、「霊我」などの意味で用いられたり、単なる「自分」の意味で用いられたりしますが、前後の文脈で意味を判断しなければなりません。漢訳仏典では「我《が》」と訳されています。ここでは、真実の自己アートマンが輝き出て、完全に自己充足した状態を、「自ら自己においてのみ満足し」と表現したものと思われます。

一般の人は目や耳などの感覚器官に心をかき乱されます。それらの感覚器官を通じて、色や形、音などの対象を認識し、人々はそれらの感覚に執着します。例えば、目は美しい形に執着する。耳は美しい音に執着する。これは人間として当然ですが、仏教やヒンドゥー教の聖典では、そういう美しいものに執着するなと教えます。しかしヒンドゥー教一般から見ると、そういう心地よい対象を追求するのは決して悪いことではありません。例えば『カーマ・スートラ』という文献などでは、そういう心地よいものを追求せよと教えております。ただ宗教的な諸文献、例えば『ギーター』では、追求してもよい場合もあるがそれに執着するな、と示唆しています（上村訳『バガヴァッド・ギーター』四・二六参照）。

人が感官の対象を思う時、それらに対する執着が彼に生ずる。執着から欲望が生じ、欲望から怒りが生ずる。

怒りから迷妄が生じ、迷妄から記憶の混乱が生ずる。記憶の混乱から知性の喪失が生じ、知性の喪失から人は破滅する。　（二・六二、六三）

ここでは、諸々の対象に対する執着から欲望が生ずるとされます。そして欲望から怒りが生じ、怒りから迷妄（愚かしさ）が生じます。好ましい対象を自分のものにしておきたい。それがかなわないと怒る。そして迷妄が生ずるのです。仏教でもこの三つを貪欲《とんよく》、瞋恚《しんに》、愚痴《ぐち》（貪瞋痴《とんじんち》）の三毒といい、この三つが最大の悪であるとされます。「記憶の混乱」とは、学習や師の教えにより過去に積み重ねた潜在的な知識を忘れてしまうことである、と解釈されています。

ここでクリシュナは初めて、最高神としての自分に専念すれば、感覚器官ないし思考器官を制御し、知性（心の最も奥底の部分の働き）を確立することができると説いています。

すべての感官を制御して、専心し、私に専念して坐すべきである。感官を制御した人の智慧は確立するから。（二・六一）

「専心し」と訳した原語は「ユクタ」ですが、「結びつけられた」という意味です。主として、心を何かに結びつけること、集中することで、ヨーガと同じ語根「ユジュ」からできたことばです。「私に専念して」は「私を最上のものと思って」ということです。いずれも、これから『ギーター』にしばしばあらわれることばです。

愛憎を離れ、自己の感覚器官および思考器官を制御すれば、その人は平安に達する、つまり非常に静寂な状態に達する、といわれています。平安に達し、その人の心は静まり、知性が確立し、彼のすべての苦しみは滅すると説かれています(二・六四、六五)。

万物の夜において、自己を制する聖者は目覚める。万物が目覚める時、それは見つつある聖者の夜である。(二・六九)

万物が眠っているとき聖者は目覚める。万物が目覚めているとき聖者は眠る。これが文字どおりの意味です。しかし、この文章には何か深遠な意味が暗示されていると思われます。愚者は目や耳などの感覚器官により対象を追求しますが、聖者は感覚器官を対象から引き離して真理を追究する。このように、愚者の活動と聖者の活動はまさに正反対である、ということを暗示したものであると解釈できます。

ブラフマンにおける涅槃《ねはん》㈠

『ギーター』第二章の最後に「ブラフマンにおける涅槃」ということばが出てきます。

すべての欲望を捨て、願望なく、「私のもの」という思いなく、我執なく行動すれば、その人は寂静に達する。

アルジュナよ、これがブラフマン（梵《ぼん》）の境地である。それに達すれば迷うことはない。臨終の時においてもこの境地にあれば、ブラフマンにおける涅槃に達する。

（二・七一、七二）

ヴェーダ聖典の最後にあらわれたウパニシャッドと呼ばれる一連の文献（古いものは紀元前八〇〇年ごろに成立）において、宇宙の最高原理はブラフマン（梵）と呼ばれました。そして、個人の中心主体である真実の自己アートマン（「我《が》」と漢訳される）がブラフマンにほかならない（梵我一如《ぼんがいちにょ》）というのが、ウパニシャッド哲学の中心思想とされます。そして、ブラフマンまたはアートマンを知ることが解脱《げだつ》であると考えられていました。しかし、この「知る」ことは、通常の認識とは異なり、どのように知るのかが問題でした。「我がブラフマンなり」、「汝がそれなり」という文が、ウパニシャッドの二大文章とされますが、「自分がそのまま絶対者ブラフマンにほかならない」、「あなたがそれ（絶対者）である」と、深い瞑想状態において直観すること、体得することであると思われます。日本の天台宗の本覚《ほんがく》思想を説く代表的な書である『真如観』の作者（源信と伝えられる）は、六十歳の時に、「我すなわち真如と知った」と述べています。真如とは、ありのまま、絶対の真理で、それがすなわち如来（仏）にほかならないとされます。「真如」をブラフマンと置きかえれば、まさに梵我一如の境地を悟ったということです。

ブラフマンを「知る」とは、自分がそのままブラフマンであると自覚すること、いいかえれば、自己とブラフマンとが渾然一体となった境地です。すべての欲望と期待を捨てて、「私のもの」という執着なく行動すれば、寂静に達するとされます。

我執なく行動すれば寂静に達し、それがブラフマンの境地であるといわれます。これが生前の解脱に当たるものでしょう。臨終のときにおいてもこの境地にあれば、ブラフマンにおける涅槃《ねはん》に達するといわれます。「ブラフマンにおける涅槃」の原語は、「ブラフマ・ニルヴァーナ」です。ニルヴァーナ（涅槃）は吹き消された状態という意味で、仏教から導入されたことばではないかと推測されます。

それにしても、「ブラフマ・ニルヴァーナ」は珍しいことばです。生前に解脱してもなお身体が残っており、死後に完全に解脱し、輪廻《りんね》から脱すると考えられたようです。『ギーター』（六・一五）では、ニルヴァーナは最高神に依存する寂静の極致であると説かれています。『ギーター』では、最高神はブラフマンと一体とされますから、ブラフマンに依存する寂静の極致が「ブラフマ・ニルヴァーナ」であると解することができると思います（五・二四参照）。

第4章　絶対者に捧げる行為

行為は無為よりも優れている

『ギーター』第三章の冒頭で、アルジュナはクリシュナに、「もし行為よりも知性が優れているというなら、なぜ自分を恐ろしい行為に駆り立てるのか」と尋ねます。それに対しクリシュナは、「人は行為を企てずして、行為の超越に達することはなく、また単なる行為の放棄によって行為の超越（成就）に達することはない」と説きます。そもそも我々はすべて、何らかの行為をしなければ生きていけません。

実に、一瞬の間でも行為をしないでいる人は誰もいない。というのは、すべての人は、プラクリティ（根本原質）から生ずる要素《グナ》により、否応なく行為をさせられるから。（三・五）

インドには六派哲学という六つの哲学派があるといわれますが、その中にサーンキヤという哲学派があります。そのサーンキヤでは、純粋に精神的な原理をプルシャと呼びます。これは「霊我」と訳されることもあり、霊魂のようなものと考えてよいでしょう。それから物質的な原理をプラクリティといい、一般に「根本原質」と訳されております。そのプラクリティは「グナ」という三つの構成要素からなり、そのプラクリティが開展してこの現象世界ができるとされています。人間も一つの小宇宙であり、プルシャとプラクリティからなると考えられていました。

『ギーター』は現存のサーンキヤ学派の文献よりも前に作られましたが、基本的には同じような考え方を前提としていたようです。そのプラクリティ（根本原質）を構成する三つの構成要素（グナ）は、純質（サットヴァ）と激質（ラジャス）と暗質（タマス）です。プラクリティは、この三つの要素からなりますが、それから開展した個々の被造物（人間、動植物など）もこの三つの要素から成り立っています。ただし、それらはどの要素が優勢であるかによって、あらわれ方が異なります。人間の性質と行動も、これらの三つの要素の組み合わせによって定められています。肉体をもつものは、三つの要素の働きにより、否応なく種々の行為をさせられるといいます。

自分が運動器官を抑制して行為を停止したと考えても、その人の思考器官（マナス、

「意」）が働いている。これも一つの行為であり、その思考器官で感覚器官の対象のことを考えている。例えば目や耳の対象に執着している。そのような修行者は、似非《えせ》行者であるといわれています。ちなみに、ヒンドゥー教や仏教では、身体でする行為だけでなく、何かを言うこと、何かを思考することも、行為と考えられました（「身口意の三業」）。

しかし思考器官により感覚器官を制御し、執着なく、運動器官により行為のヨーガを行う人は、より優れた人であるとされます。「行為のヨーガ」（カルマ・ヨーガ）とは、後で見るように、ヨーガという絶対の境地を求めて、ひたすら行為そのものに専心することです。

そしてクリシュナはアルジュナに、「定められた行為をなせ、行為は無為よりも優れている」と告げます（以上、上村訳『バガヴァッド・ギーター』三・六〜八参照）。

祭祀《さいし》の残りものを食べる

ここでクリシュナは「祭祀のための行為」を説きます。「祭祀」とは神を崇拝する儀式ですが、その祭祀のための行為が非常に重要であると説くのです。

祭祀のための行為を除いて、この世の人々は行為に束縛されている。アルジュナよ、

執着を離れて、その（祭祀の）ための行為をなせ。（三・九）

しだいに明らかになりますが、「祭祀のための行為」とは、絶対者ブラフマン——最高神と同一——に捧げる行為です。行為の本源であるブラフマンに捧げる祭祀として、すべての行為を行うことです（四・二三の解説参照）。

ヴェーダ聖典では祭祀を重要視します。祭祀により神々を満足させると、神々は人々の望みをかなえてくれるとされます。ですから、神々に祭祀を捧げないで、一方的に神々から与えられたものを享受するだけの人は、盗賊であると非難されます。そこで、すべての行為を、行為の本源である絶対者ブラフマンに捧げる祭祀として行う必要があると説かれます。

祭祀の残りものを食べる善人は、すべての罪悪から解放される。しかし、自分のためにのみ調理する悪人は罪を食べる。（三・一三）

祭祀の残りものを食べるとは、まず神や祖先の霊などに食物を供えてから、残った食物を食べるという意味です。そのようにして人はすべての罪から解放されるとされます。これは『マヌ法典』(三・二七、一一八)などにもある文章で、祭祀の重要性と祭祀の残りものを食べる有徳者の功徳を説いているようにみえます。

しかし『ギーター』では、すべての行為を絶対者・最高神に捧げる祭祀として行うべきことが説かれます。行為の結果(果報)を絶対者に捧げて、行為の果報を期待せず、ひたすら無償の行為を行うことを、「祭祀の残りものを食べる」と表現しているのです。すべての行為の結果を絶対者にゆだねれば、行為に執着することがなくなるといいます。

それ故、執着することなく、常になすべき行為を遂行せよ。実に、執着なしに行為を行えば、人は最高の存在に達する。(三・一九)

なすべき行為を、絶対者にゆだねて、執着を捨ててゆけば、絶対者ブラフマンの境地に達するということです。「最高の存在」とは不滅の存在、すなわちブラフマンをさします。

自己の考察

次に三・三〇を見ます。これは非常に重要な文章です。

すべての行為を私のうちに放擲《ほうてき》し、自己《アートマン》に関することを考察して、願望なく、「私のもの」という思いなく、苦熱を離れて戦え。（三・三〇）

「放擲」は難しい訳語ですが、放棄するということです。この原語「サンニヤーサ」は非常に重要なことばですので、「放擲」という硬い訳語を使いました。すべての行為を「私」（最高神であるクリシュナ）のうちに放棄する。つまり、最高神にゆだねる。そして真実の自己アートマンに関することを考察して、願望なく、「私のもの」という思いなく、苦しみを離れて戦えということです。

ここに『ギーター』の主題が直接的に述べられております。ここでは、クリシュナがすべての行為の本源であることを知って、すべての行為をクリシュナに捧げるべきであると説かれています。自己に関することを考察するとは、真実の自己であるアートマンを考察することです。実はそのアートマンが絶対者にほかならないことを直観することです。一般の人が自己だと考えているものは、実は真実の自己ではありません。そこで「私のもの」というような我執をすべて捨てて行動せよと諭《さと》しているのです。

信仰を抱き、不満なく、常に私の教説に従う人々は、行為から解放される。

しかし、不満を抱き、私の教説に従わない人々、彼らを、すべての知識に迷う、破滅した愚者であると知れ。　（三・三一、三二）

「信仰を抱き」とは、クリシュナを信頼することです。疑うことなくその教えに従えば、行為（カルマン、「業《ごう》」）の束縛から解放されると説かれています。

人を全面的に信頼するのは非常に難しいことです。世の中には立派な人はたくさんいますが、あらゆる面で欠点のない人はいないものです。そこで、美点だけを見ていれば、すべての人を尊敬できますが、全面的に信頼できる人はなかなかいません。

しかし、優れた宗教家、あるいは優れた徳性をもつ人の周囲に集まる人々は、その人が全面的に信頼できると考えます。何らかの宗派の祖であるような人は、一般の人が考えられないような大きな力をもっています。信者にとっては、その人は全面的に信頼できる神か仏のような人です。

クリシュナはまさにそのような人であったと思われます。彼は最高神であると自ら認めていますが、その彼のことばを信頼して、疑うことなくその教えに従う。すべての行為を彼に捧げて、結果にとらわれることなく行動すれば、行為のもたらす罪悪からのがれることができるといわれます。そして、クリシュナのことばに疑いを抱き、その教えに従わなければ、正しい知識を得ることができず、破滅すると説かれています。

欲望を制御するには

アルジュナはクリシュナに、「人間は何に命じられて悪を行うのか。望みもしないのに。まるで力ずくで駆り立てられたように」(三・三六)と尋ねます。それに対してクリシュナは、次のように答えます。

それは欲望《カーマ》である。それは怒りである。激質《ラジャス》という要素《グナ》から生じたものである。それは大食で非常に邪悪である。この世で、それが敵であると知れ。火が煙に覆われ、鏡が汚れに覆われ、胎児が羊膜に覆われるように、この世はそれ(欲望、怒り)に覆われている。

知識ある者の知識は、この永遠の敵に覆われている。アルジュナよ、欲望という満たし難い火によって。(三・三七〜三九)

人間は欲望(カーマ)に命じられて悪を行うのであり、また怒りに命じられて悪を行います。その欲望とは、三つの構成要素(グナ)の一つである激質(ラジャス)から生じたものです。それは大食で、非常に邪悪で、この世でそれが最大の敵であるとされます。

火は光るものですが、煙におおわれていると光りません。また本来澄んでいる鏡も、汚れにおおわれていると曇ってしまいます。非常に清らかなはずの胎児も、羊膜におおわれて汚されています。このように、本来清らかなはずのこの世も、欲望や怒りにおおわれて穢《けが》されているといいます。

すべての人には正しい知識があるのですが、その知識が永遠の敵である欲望におおわれている。つまり、誰もが真理を知っているのですが、その真理が欲望という敵におおわれているということです。

前に「欲望から怒りが生じ、怒りから迷妄が生ずる」(二・六二、六三)とありましたが、ここでは、欲望と怒り、特に欲望を「永遠の敵」「満たしがたい火」と呼んでいます。感覚器官と、思考器官(マナス)と、もっと奥底にある根源的思惟機能(ブッディ)との三つが、欲望のよりどころとなっています。

欲望を制御するためには、まず目などの感覚器官を制御します。そして思考器官、根源的思惟機能(ブッディ)の上に、真実の自己があることを知る必要があります。根源的思惟機能といえども実は物質的なものです。その上に真実の自己があるとされます。すなわちアートマンの存在を自覚し、確信すれば、欲望という強敵を倒すことができると説いています。まず感覚器官を制御し、次に瞑想により思考器官を統一する。そして根源的思惟機能を集中し、決定《けつじょう》を性とする知性、つまり特別の直観的な知が生じたとき、アートマンの存在を自覚するということです。すなわち、根源的思惟機能、心の最も深層の部分を集中して、特別の直観的な知が生ずると、その直観的な知がアートマンの存在を確認するのです。単なる知識でアートマンがあると知るのではありません。心の最も深い部分でアートマンがあると自覚する、確認する、ということを説いているのだと思われます。

ちょうど仏教でも、「阿頼耶識《あらやしき》」という深層意識のようなものが説かれますが、『ギーター』では、「ブッディ」がそのような心の最も深層の部分であると考えられていたようです。そこで生ずる直観的な知も「ブッディ」と呼ばれ、『ギーター』では「プラジュニャー」(般若)ということばと同義語とされます(二・五四参照)。仏教でいう般若の智が、『ギーター』で「知性」と訳した「ブッディ」に当たると考えられます。それは瞑想によってあらわれてくる直観的な叡知です。

第5章　祭祀のための行為と知識

久遠の本仏

『ギーター』第四章の冒頭で、クリシュナは、不滅のヨーガをまず太陽神に説いたと述べます。このヨーガは王族出身の聖者たちによって伝承されてきたが、久しい時を経てしだいに失われたといいます。クリシュナは、まさに「最高の秘説」であるその古《いにしえ》のヨーガをアルジュナに説くのであると告げます。それに対し、「現在の人間であるクリシュナが、太陽神にヨーガを説いたとはいかなることか」とアルジュナが尋ねると、クリシュナは、実は自分は永遠の過去から多くの生を経てきたのだと明かします。

私は多くの生を経て来た。あなたもそうだ。アルジュナよ。私はそれらをすべて知っている。だがあなたは知らない。　（四・五）

クリシュナのみならずアルジュナも、さらにその他すべての人々も、永遠の過去から存在してきたと暗に説いているのです。しかし、クリシュナは過去の生のすべてを知っているが、アルジュナは知らないというところが重要です。もしアルジュナおよび他の人々が、クリシュナのように清浄な知力をもてば、つまり真実の知識を得れば、彼らもすべてを知ることができる、という意味が含まれています。

私は不生《ふしょう》であり、その本性は不変、万物の主であるが、自己のプラクリティ（根本原質）に依存して、自己の幻力《マーヤー》により出現する。（四・六）

不生《ふしょう》、つまり生まれないということは、永遠の昔から存在していたということです。仏教でも不生不滅といいます。その本性は変わらないが、自己のプラクリティ（根本原質）すなわち物質的原理によって、自己のマーヤーにより出現すると説いています。

後で見るように、最高神たるクリシュナは、精神的原理と物質的原理との二つを本性としてそなえています。この「自己のプラクリティ」ということばは、自己の本性ととってもよいと思います。ところで、「自己のマーヤー」とは何でしょうか。マーヤーとは一般には幻影を意味しますが、ここではマーヤーは、物質的な原理であるプラクリティ（根本原質）の働きを意味するようです。これは一つの創造する力であると考えられます。プラクリティもマーヤーも女性原理です。後代に一般的となるシャクティと呼ばれる力――これも女性原理です――に相当するものがマーヤーであると考えられます。

クリシュナは、正義が衰え悪が栄えるとき、善人を救い悪人を滅ぼすために、それぞれの時代に出現するといいます（四・七、八）。最高神としての彼は、最高原理ブラフマンと同一であり、肉体をもたず、いわば仏教の「法身《ほっしん》」に対応します。法身とは仏の真の身体としての永遠不滅の法、真理をさします。最高神は自己の物質的原理によって肉体を得て、クリシュナのような偉大な存在として地上に出現します。しかしその本性は不変であり、永遠の過去から未来にわたって存在する万物の主です。ちょうど『法華経』の「如来《にょらい》寿量品《じゅりょうぼん》」における久遠《くおん》の本仏《ほんぶつ》に相当します。歴史上の釈尊は仮の姿であって、実は永遠の昔から存在し、人々を教化してきたというので、久遠の本仏といいます。まさにそれと同じ考え方であるといってよいでしょう。

しかし『ギーター』では、前の箇所でわかるように、アルジュナやその他の人々も、実は永遠の過去から存在してきたと説いています。

私の神的な出生と行為を、このように如実に知る者は、身体を捨てた後、再生する

ことなく、私のもとに来る。　（四・九）

クリシュナの出生と行為を、このようにありのままに知る者は、死んだ後、輪廻《りんね》することなく神と一体になると説かれています。つまりクリシュナの出生と行為をありのままに知れば、彼と一体になれるというのです。すべての人は、クリシュナが最高の存在であることを固く信じ、自分もクリシュナと同じように永遠の存在であると悟れば、最高神たる彼と一体になれると示唆しています。ちょうど大乗仏教の本覚思想において、自分が真如、仏であると知ることが悟りであるとされたように。

真実の知識と平等の境地

次にクリシュナは真実の知識について語ります。

愛執、恐怖、怒りを離れ、私に専念し、私に帰依する多くの者は、知識という苦行（熱力）によって浄化され、私の状態に達する。　（四・一〇）

「愛執」とは「ラーガ」の訳で、漢訳仏典では「貪欲《とんよく》」と訳します。貪欲や恐怖や怒りを離れ、私（クリシュナ）に専念して、私によるべを求める多くの者は、知識の力によって浄化され、私の状態に達する、私と一体になることができると説いています。

ここにはやはり、『ギーター』全体の主題が説かれています。人間は生まれたからには、何らかの行為をしなければならない。ただし愛執（貪欲）と恐怖と怒りを離れて行為をしなければなりません。そのためにはどうすればよいのでしょうか。最高神たるクリシュナにひたすら帰依すべきである。そうすれば真実の知識が生じ、最高神と一体になれるというのです。

諸々の行為は私を汚すことはない。私には行為の結果に対する願望はない。このように私を理解する人は、諸行為により束縛されない。

解脱《げだつ》を求めた先人たちは、このように理解して行為をなした。それ故、かつて先人たちが行為したように、あなたも行為をせよ。（四・一四、一五）

クリシュナは最高神としてこの世界を創造し、また人間としては大義のためにいろいろと政略をめぐらしますが、行為の結果に執着しないといいます。彼の説く「行為のヨーガ」、すなわち「カルマ・ヨーガ」（行為による道）を自ら行っているわけです。

我々も彼のように、結果を顧みずに行為に専心すれば、行為に従事していても、諸々の行為により束縛されず、何も行為をしないのと同じことだと説いています。

彼の企てがすべて欲望と意図（願望）を離れ、彼の行為が知識の火により焼かれているなら、知者たちは彼を賢者と呼ぶ。

行為の結果への執着を捨て、常に充足し、他に頼らぬ人は、たとい行為に従事していても、何も行為をしていない。　（四・一九、二〇）

どのようなことを企てても、欲望や願望を離れていること。行為は必ず何か後に影響を残すものですが、正しい知識、真実の知識を得れば、その行為がすべて正しい知識に焼かれて消えてしまう。それを知識の火により焼かれるといっています。

行為の結果に執着せず、常に満足し、他に頼らぬ人は、たとい行為に従事していても、何も行為をしたことにはならない。後に行為の結果が残ることはないということです。

また、願望がなく、心身を制御し、すべての所有を捨てた人は、行為をしても罪に至ることはないとも説かれています。彼は行為をしても行為をしないのと同じことだとされます。そして、たまたま得たものに満足し、相対的なものを超え、妬《ねた》み（不満）を離れ、成功と不成功を平等（同一）に見る人は、行為をしても束縛されない。（四・二二）

たまたま得たものに満足し、寒暑や苦楽などの相対的なものを超越し、妬みや不満をいだかず、成功と不成功を同じことと考える人は、行為をしてもその行為に束縛されないと説かれています。

幸不幸など、すべての相対的なものを平等（同一）に見る境地、これがヨーガの境地ですが、そのヨーガという絶対の境地に達した人は、行為をしても束縛されないというのです。

絶対者への捧げもの

そして『ギーター』の次の箇所でも、また「祭祀《さいし》のための行為」（三・九参照）が高く評価されています。

執着を離れ、（束縛から）解放され、その心が知識において確立し、祭祀のために

行為する人にとって、その行為は完全に解消する。（四・二三）

執着を離れ、束縛から解放され、心が確立して正しい知識を得て、祭祀のために行為をする人にとって、その行為は完全に消え去ってしまう。行為をしても行為をしたことにならない。すなわち「行為の超越」をなし遂げているというのです。「祭祀のための行為」とは、すでに見たように、すべての行為を絶対者ブラフマンに捧げる祭祀として行うことです。祭祀を構成する要素は、すべてブラフマンです。「祭祀のための行為」とは、ブラフマンに捧げる行為にほかなりません。すべての行為を絶対者に対する捧げものとして行えば、行為の結果に束縛されないという『ギーター』の主題が、この箇所においても確認されるのです。

続いてクリシュナは、「祭祀のための行為」を行って、罪障を滅している実践者たちを列挙します（上村訳『バガヴァッド・ギーター』四・二五〜三〇参照）。しかし内容が多少専門的になりますので、ここでは省略します。そして最後に、「祭祀のための行為」を行って、その果報を絶対者に捧げ、自らは祭祀の残りものを食べる（三・一三参照）。すなわち行為の結果を顧みずひたすら無償の行為を行う。そうすれば絶対者ブラフマンに達する、すなわち解脱すると説いております。

祭祀の残りものという甘露《アムリタ》を味わう人々は、永遠のブラフマンに達する。祭祀を行わぬ者にはこの世界もない。どうして他の世界があろうか。アルジュナよ。

（四・三一）

「祭祀の残りもの」を味わうとは、前に述べましたように（三・一三の解説参照）、『ギーター』の文脈では、果報を顧みずひたすら無償の行為を行うことです。そのようにする人は、永遠のブラフマンに達する。祭祀を行わぬ者には、この人間の世界や神々の世界もない。どうして他の世界があろうか。他の世界とは、絶対者ブラフマンの世界、すなわち解脱の世界のことです。ちなみに、神々の世界も現世的なものと考えられていました。

このように多様な祭祀が、ブラフマンの口において繰り広げられている。以上すべては行為から生ずるものであると知れ。そう知れば、あなたは解脱するであろう。

（四・三二）

このようにさまざまな祭祀がブラフマンの面前において繰り広げられている。そのすべては行為から生ずるものであると知れば、あなたは解脱するであろう。これらの文からも「祭祀のための行為」の意味がさらに明瞭になることと思います。あらゆる行為をブラフマンに対する捧げものとして行うことです。

行為のヨーガと知識のヨーガ

続いてクリシュナは、「知識の祭祀」の重要性を説きます。

知識の祭祀は財物よりなる祭祀よりも優れている。アルジュナよ。すべての行為は残らず知識において完結する。（四・三三）

すべての行為を絶対者に対する捧げものとして行うことが「祭祀のための行為」ですが、それを実践するよりどころが「知識の祭祀」です。「知識の祭祀」とは、絶対者すなわち最高神に関する知識に専念することです。

我執なく、行為の結果に執着することなく行為を行うためには、至高存在に関する正しい知識が不可欠です。すなわち「行為のヨーガ」（カルマ・ヨーガ）――行為による道――の遂行は、「知識のヨーガ」（ジュニャーナ・ヨーガ）――知識による道――と密接に結びついています。正しい知識は、真理を見る知者に服従し、質問し、奉仕することにより得られます（上村訳『バガヴァッド・ギーター』四・三四参照）。しかし、正しい知識を真に自分のものとするためには、正しい行為を完成する必要があります。ということは、「知識のヨーガ」の完成は「行為のヨーガ」の完成を前提とするのです。

この意味において、『ギーター』は知行併合論であるとする説は妥当だと思います。すなわち知識と行為を併合すべきことが『ギーター』に述べられているとする説です。正しい行為をするためには、正しい知識が必要です。しかし正しい知識を真に体得するためには、正しい行為の完成が必要です。そして後で出てきますように、最高神に対する信愛（バクティ）は、すべての段階において必要とされます。結論的にいえば、行為と知識と信愛が相互的に高めあって、『ギーター』の説くヨーガは完成します。そして最後に真の知識が実現したときに、究極の信愛が訪れます。

いいかえれば、ヨーガという絶対の境地をめざす、行為による道、知識による道、信愛による道が、それぞれ「行為のヨーガ」、「知識のヨーガ」、「信愛のヨーガ」（バクティ・ヨーガ）と呼ばれています。そして、ヨーガという絶対の境地を実現するためには、それらすべてが必要とされるということです。

ここで、知識の重要性を説く、『ギーター』のもとの文脈にもどることにします。

仮にあなたが、すべての悪人のうちで最も悪人であるとしても、あなたは知識の舟により、すべての罪を渡るであろう。

あたかも燃火《ねんか》が薪を灰にするように、知識の火はすべての行為（業《ごう》）を灰にするのである。

というのは、知識に等しい浄化具はこの世にないから。〔行為の〕ヨーガにより成就した人は、やがて自ら、自己《アートマン》のうちにそれ（知識）を見出す。（四・三六〜三八）

ここで説かれる「知識」は、すべての行為の悪しき結果を解消するところの、最高の段階の「知識」です。もしこのような「知識」を得ることができれば、極悪人も救われるといいます。そしてこの「知識」は、行為のヨーガ（行為による道）が完成した暁に、自己（アートマン）のうちに見出されると説かれています。

これはアートマンそのものである知、すなわち真実の自己アートマンが輝き出た、純粋の知にほかなりません。ラーマーヌジャという有名な哲学者は、「完全に熟した状態に達した知識」と表現しています。

信頼を抱き、それに専念し、感官を制御する者は知識を得る。知識を得て、速やかに最高の寂静に達する。（四・三九）

クリシュナのような真理を知る師から学んだ正しい知識を信頼し、それに専念して実践し、目、耳などの感覚器官と思考器官を制御することに成功すれば、その人は真実の知識を体得することができる。そのとき、最高の寂静、すなわち解脱《げだつ》が実現する。偉大な師に説かれた知識を信頼せず、疑いの心を抱く者は解脱することなく、みじめな生存、つまり輪廻《りんね》を繰り返すといわれています。

〔行為の〕ヨーガにより行為を放擲《ほうてき》し、知識により疑惑を断ち、自己を制御した人を、諸行為は束縛しない。

それ故、知識の剣により、無知から生じた、自己の心にある疑惑を断ち、〔行為の〕ヨーガに依拠せよ。立ち上がれ、アルジュナ。（四・四一、四二）

「行為を放擲する」とは、『ギーター』の第五章以後しだいに明らかになるように、単に行為を放棄することではありません。行為を絶対者すなわち最高神に捧げることです。先ほどの「祭祀のための行為」と結びつくものです。すべての行為を絶対者に対する捧げものとして行い、偉大な師から学んだ知識により疑惑を断ち、自己を制御すれば、諸行為に束縛されることはないと説きます。

これは自己の義務(ダルマ)の実践者としてのアルジュナに向けられたメッセージです。アルジュナが戦士としてやらなければならない義務、それを実践せよと勧めるメッセージです。ですから「立ち上がれ、アルジュナ」と最後にいっています。

ところで、『ギーター』で説かれる「知識」には、大きく分けて二種類あります。あるいは三種類あるといってよいかもしれません。知識ということばには、普通我々が使う、いろいろな書物やいろいろな人から聞いた知識という意味のほかに、もう一つ、最高神に関する正しい知識という意味があります。それは、信頼できる人、例えばクリシュナのような人から聞いた最高神に関する知識で、この意味の「知識」が『ギーター』で一般的に用いられます。

さらにその上に、真理そのものである知識、完成の状態、完熟の状態に達した知識という意味もあります。もはやそれは普通の意味の知識ではありません。まさにその知識が真理であり、また絶対者ブラフマンそのものであり、あるいは真実の自己アートマンそのものである、そのような特別の「知識」です。最後に明らかになるように、真実の知識とは、自己が絶対者・最高神と一体であると完全に知ること、全身全霊で確信することであると考えられます。そして『ギーター』の最後の章では、最高の信愛（バクティ）が生じたときに、真実の知識が生じると説かれています。

第6章　行為の放擲と行為のヨーガ

真の放擲《ほうてき》とは

第五章の冒頭で、勇士アルジュナはクリシュナに、「行為の放擲《ほうてき》と行為のヨーガとのうちでどちらが優れているか」と尋ねます。

クリシュナよ、あなたは行為の放擲《ほうてき》を讃え、かつ行為のヨーガを讃える。この両者のうちでどちらが優れているか、はっきりと私に語ってください。（五・一）

前に述べましたように、「放擲」は「サンニヤーサ」の訳で、「放棄する」という意味です（三・三〇参照）。しかし『ギーター』では、単に「捨てる」という意味で使われているのではありません。この章においてこれから明らかになるように、行為を最高神に捧げるという意味で用いられているのです。また「ヨーガ」は、すでに見たように「平等の境地」ということで、さらにこの箇所に即していえば、「絶対者との合一」ということです。ですから「行為のヨーガ」(カルマ・ヨーガ)とは、ヨーガという絶対の境地をめざして、ひたすら行為に専心することです。行為に専心することによって究極の境地を求める道、と理解してよいと思います。

アルジュナはここで、「行為の放擲」(サンニヤーサ)ということばを、文字どおり、「行為を捨てること」と理解しています。当時、一般に行為(カルマン、漢訳でいえば「業《ごう》」)は、悪い結果をもたらすから捨てられなければならない、と考えられていたようです。そう考えて、社会生活を放棄して森などに隠遁したり、聖地を巡礼したりする人々がいました。その人々はサンニヤーシン(放擲者)と呼ばれていたことが、『ギーター』の他の箇所からも推測されます。

一般に、サンニヤーシンとは、人生の最後に遍歴の旅に出た人であると見なされます。ヒンドゥー教徒の理想的な一生の過ごし方は、四住期(アーシュラマ)に従って生きることだと考えられていました。まず若いときに学生としてひたすら勉学に励み(学生《がくしょう》期)、それが修了したら結婚して、家長としての義務を果たし(家長期)、そして自分の息子に息子が生まれるころ、つまり孫が生まれるころ、森林に隠遁する(林住期)。林住期が過ぎると、人生最後の聖地巡礼の旅に出る(遍歴期、遊行《ゆぎょう》期)。文字どおり最後の旅ですが、ベナレスなどの聖地に行って、そこで亡くなるのを理想的な生涯としていました。この最後の遍歴に出た人を、サンニヤーシンと呼ぶ場合もあります。しかし、厳密にいえば、サンニヤーシンとは儀礼を受けて、家長としての義務を息子に譲り、隠居した人で、必ずしも遍歴者に限りません。要するに、社会生活から隠退した人ということでしょう。

アルジュナはここで、「放擲」（サンニヤーサ）ということばを、単に「捨てること」という意味にとりました。ですから「行為の放擲」と「行為のヨーガ」とでは、つまり行為を捨てることと行為に専心することとでは、どちらが優れているかと尋ねたのです。

これに対してクリシュナは、アルジュナの理解の程度に合わせて、一応この両者を区別して「行為の放擲」と「行為のヨーガ」は共に至福をもたらすものであるけれども、「行為のヨーガ」は「行為の放擲」よりも優れていると答えます。この場合、「行為の放擲」を「行為の放棄」という一般的な意味で用いています。クリシュナは、その両者のうちで、行為に専心するほうが行為を捨てることよりも優れていると、常識的に答えているわけです。

ところが、クリシュナの説く「放擲」（サンニヤーサ）という語は、「捨てること」という一般的な意味と異なる独自の意味で用いられていることが、しだいに明らかになります。

憎むことなく、期待することない人は、常に放擲した者と知らるべきである。実に、相対を離れた人は、容易に束縛から解放される。（五・三）

ここでは、サンニヤーシン（放擲者）とは、社会を捨てた人でなく、「憎むことなく、期待することない人」であるとされます。そしてこのように相対的なものを離れた人は、容易に行為の束縛から解放されると説かれます。

自己を清める

そもそもクリシュナによれば、知識と行為は決して別のものではありません。真理の体現者は、知識と行為を同一のものと見るといわれます。正しい行為をするためには、正しい知識が不可欠であり、その知識を真に体得するためには、つまり心の最も深いところで理解するためには、正しい行為が不可欠です。これが『ギーター』の主張するところです。

しかし、〔行為の〕放擲は、〔行為の〕ヨーガなしでは達成され難い。〔行為の〕ヨーガに専心した聖者《ムニ》は、遠からずブラフマンに達する。（五・六）

「行為の放擲」は行為に専心することなしには達成されがたいが、行為に専心した聖者は遠からず絶対者ブラフマンに達すると説かれています。「ブラフマン」ということばは、インド哲学、特にウパニシャッドという一連の文献において、唯一なる最高の原理とされます。唯一というのは、すべてであり、一切です。本初は、宇宙全体が未分化の状態で、唯一なるものであり、完全にして絶対の存在であった。それが分化してこの世の中が創《つく》られ、我々が生まれてきたわけです。ですから今度は、我々個々の存在が行為のヨーガに専心することによって、やがて全体に帰入していくことができる、とここで説いているのです。

クリシュナの考える放擲（サンニヤーサ）は、行為を絶対者に捧げることですから、行為のヨーガなしでは、すなわち行為に専心することなしには、達成されません。行為に専心した人は行為を超越します。もはや行為にとらわれない境地に達するのです。それによって、遠からず絶対者ブラフマンに達すると、ここに説かれています。

〔行為の〕ヨーガに専心し、自己《アートマン》を清め、自己を制御し、感官を制し、その自己が万物の自己となった者は、行為をしても汚されない。（五・七）

行為のヨーガに専心する。ヨーガという絶対の境地をめざしてひたすら行為に専心する。そして自己を清める。本来の自己、真実の自己であるアートマンを輝かせる。自己を制御する。自制する。それから感覚器官——目、耳など——を制御する。さらに、その自己が万物の自己となった者は、行為をしても汚されないと説かれています。

すなわち行為のヨーガに専心する。自分に定められた仕事を、結果にとらわれることなく遂行し、自制し、感覚器官を制御し、真実の自己であるアートマンを清めるとき、その人のアートマンは輝き出て、万物のアートマンと一体化する。そのような人は行為をしても汚されないといいます。すなわち、個々の存在が普遍化して、全体に帰入するということです。

自己が普遍化するとは、個性がなくなることです。一般に、ヨーロッパの考え方では、個性があったほうがよいとされますが、ヒンドゥー教や仏教の考え方では、個性がなくなったほうがよいとされます。個性があるうちは、生まれ変わる。輪廻《りんね》を続ける。古代インドでは、輪廻は苦しみと考えられていました。何度も何度も苦しみを繰り返さなければならない。その輪廻から脱すること、抜け出ることが解脱《げだつ》です。いろいろな行為をしますと、その結果に束縛される。そして真実の自己は汚されて個別化して輪廻するのです。

真実の自己アートマンは、本来は純粋なものなのですが、物質的なもの、すなわち肉体と結びつくと個別化する。個性が出るのです。そして輪廻の主体となります。ところがアートマンが清らかなものになるときには、物質的なものと離れ、個別化をやめる。個性を捨てるのです。個性を捨てると全体と一致する。アートマンが清らかになると、よけいなものがなくなり、個性がなくなり、そうすれば唯一なるブラフマンという全体と合一するから、もはや輪廻しないのです。

この行為のヨーガに専心した人は、いかなる行為をしても、私は何も行為しないと考えるといいます。行為の結果に束縛されないということです。

蓮の葉が水に汚されないように

それでは、どうすれば行為のヨーガに専心することができるかということが、次に説かれています。

諸行為をブラフマンに委ね、執着を捨てて行為する人は、罪悪により汚されない。蓮の葉が水に汚されないように。（五・一〇）

諸々の行為を絶対者ブラフマンにゆだねる。そして執着を捨てて行為をする人は、行為がもたらす罪悪に汚されない。蓮の葉が水に汚されないように。蓮の葉が泥水に汚されないというのは、よく出るたとえです。

ここにもまた、『ギーター』の主題が力強くあらわれています。「諸行為をブラフマンにゆだねる」ということは、「すべての行為を私（クリシュナ）のうちに放擲し」（三・三〇）と同じく、すべての行為を絶対者（最高神）に捧げる祭祀《さいし》として行うことです。行為の結果を神にゆだねるのです。そうすれば、行為をしても執着することなく、罪悪により汚されることもないといわれております。

〔行為のヨーガに〕専心した者は、行為の結果を捨て、究極の寂静に達する。専心しない者は、欲望のままに、結果に執着して束縛される。（五・一二）

ヨーガという絶対の境地をめざして、行為による道に専心した者は、行為の結果を捨てる。結果のことを考えないで行為をするということです。

このように、行為の超越を実現し、究極の寂静に達する。完全な解脱に達するのです。ところが専心しない者、つまりひたすら無償の行為――代償を求めない行為――をしない者は、欲望のままにその行為の結果に執着して、その行為に束縛されるといいます。

主君（個我）は何人《なんぴと》の罪悪をも、善行をも受けとらない。だが、知識は無知により覆われ、それにより生類は迷う。

しかし、知識により彼らの自己《アートマン》（個我）の無知が滅せられた時、彼らの知識は太陽のように、かの最高の存在を照らし出す。（五・一五、一六）

ここで「主君」は個人の中心主体をさしますが、その個人の中心主体はいかなる人の悪い行為も善い行為も受けとりません。つまり個人の中心主体は、善悪の行為と関係ないとします。だが、真実の知識は無知によりおおわれていて、そのために生類は迷います。しかし、知識により彼らの真実の自己をおおっていた無知が滅せられたとき、彼らの知識は太陽のように、最高の存在を照らし出すといいます。

個人の中心主体は、実は何も行為をしていません。物質的原理であるプラクリティ（根本原質）を構成する要素（グナ）により、各人の本性が決まり、人はいろいろな行為をします。物質的原理は三つの構成要素から構成されています。純質（サットヴァ）、激質（ラジャス）、暗質（タマス）、この三つの要素の配合によって、個々の人の本性が決まり、人は諸々の行為をするとされます。そのとき個性が出るわけです。物質的原理がだんだん開展して、個々の存在ができます。まず最初に、その存在は、「私は」ということをいうのです。「私は何々である」という意識が出たとき、つまり自我意識が出たとき、そこに個性が出てくる。個性が出たとき、そこから迷いが生ずるのです。

個人の中心主体そのものは、純粋に知的な存在であるとされます。純粋の知のかたまりであるともいわれます。このように完全に清浄な、純粋な知ですから、善悪の業に支配されません。悪いことをしても、善いことをしても、純粋な知はその結果に支配されないのです。

しかし、知そのものは純粋ですが、それが宿る個々の存在が、三つの要素の働きによっていろいろな行為をします。純粋な知が、物質的なものと結びついて、無知におおわれているから、輪廻の主体となるのです。無知におおわれているうちは輪廻し、生類は迷います。しかし、正しい知識により個々の人々の無知が滅せられるとき、彼らの知識——アートマンそのものである純粋な知——は輝き出て、かの最高の存在を照らし出すといいます。最高の存在とは絶対者ブラフマン、あるいはアートマンそのものです。

第7章　生前の解脱

平等の境地――絶対者との合一

純粋の知であるアートマンすなわち真実の自己が、無知におおわれているうちは輪廻《りんね》の主体となり、そのため生類は迷います。しかし、正しい知識により個々の人々の無知が滅せられるとき、彼らの知識――アートマンそのものである純粋の知――が輝き出て、かの最高の存在を照らし出すとされます。その最高の存在がブラフマンであるということです。

その最高の存在、絶対者ブラフマンをどうしたら照らし出せるかというと、それに知性（ブッディ）を向けることが必要だといいます（上村訳『バガヴァッド・ギーター』五・一七参照）。その「知性」と訳された「ブッディ」は、「根源的思惟機能」とも訳されておりますが、心の最も深層の部分の働きです。その思考器官よりもさらに奥底にある部分の働き、仏教でいえば般若の智慧に当たるもの、それをブラフマンに集中することが必要であるというのです。その根源的思惟機能をブラフマンに集中すれば、ブラフマンと一体となることができる。ブラフマンに専念すると真実の知識が輝き、真実の自己アートマンが純粋になる。それによって汚れを滅し、輪廻から脱することができるとされます。

そのような境地が実現した賢者は、いかなる生物をも平等なものと見ます。

意《こころ》が平等の境地に止《とど》まった人々は、まさにこの世で生存（輪廻）を征服している。というのは、ブラフマンは欠陥がなく、平等である。それ故、彼らはブラフマンに止まっている。（五・一九）

「意」と訳した「マナス」は、思考器官のことですが、それが平等の境地にある人々は、まさにこの世で生存（輪廻）を征服している、ということは生前解脱《げだつ》をしている、生きているうちに解脱をしているということです。

ブラフマン――この宇宙全体、この世の一切、しかも唯一なるもの――は完全無欠なものです。ですから欠陥がなく、平等である。部分に分かれていないで、すべてが渾然一体の状態にある。それ故、平等心を保つ人々は、ブラフマンにとどまっているといわれています。

このブラフマンが、ある微妙なあり方で個々のものの中に入りこんでいます。それが個人の中心主体を形成しています。一つのものが分かれて、さまざまなものになる。一にして多ということがいわれます。そして、個々の存在が個性を捨てて、ブラフマンという全体の中に帰入する場合、それが解脱です。

平等の境地すなわちヨーガを達成すれば、まさにこの世で生存を脱することができる。つまり生前解脱です。次の「というのは、ブラフマンは欠陥がなく……」という箇所は、理由づけとしてはちょっと奇妙な感じがしますが、要するに平等の境地に達することは、ブラフマンと合一するということです。

ブラフマンと合一した人はまた、知性（ブッディ）、すなわち根源的思惟機能——心の最も奥底の部分の働き——の確立した人であるということです。

知性が確立し、迷妄なく、ブラフマンを知り、ブラフマンに止まる人は、好ましいものを得ても喜ばず、好ましくないものを得ても嫌悪しない。（五・二〇）

知性（ブッディ）、すなわち心の最も深層の部分の働きが確立し、迷妄、愚かしさがなくなった人は、ブラフマンをまさに身体全体で知ります。そしてブラフマンにとどまる人、すなわち平等の境地に達した人は、好ましいものを得ても喜ばず、好ましくないものを得ても嫌悪しないという境地に達すると説かれています。

ヨーガは平等の境地ですが、それはブラフマンとの合一であり、知性（ブッディ）の確立であるということが、この箇所からもよくわかります。ヨーガには「結合」という意味がありますから、絶対者との結合がヨーガであるという説もあります。『ギーター』における「ヨーガ」も、そのように解することも可能であると思います。

そのように知性を確立した人は、外界との接触に執着せず、真実の自己（アートマン）のうちに幸福を見出し、ブラフマンと合一して不滅の幸福を得るといわれています（五・二一）。


実に、接触から生ずる諸々の享楽は、苦を生むものにすぎず、始めと終りのあるものである。アルジュナよ、知者は、それらにおいて楽しまない。（五・二二）

「接触」にはいろいろな意味があり、ここでは物質的なものとの接触をさすと思われます。そこにいろいろな快楽が生じますが、それは実は苦を生むものにすぎない。始めと終りのあるものである。知者はそのようなものでは楽しまないと説かれています。

好ましい感覚器官の対象を享受する。快い色とか形、音などを享受するのは、一般には非常に快いことと考えられます。誰にでも、美しい音楽を聞きたい、美しいものを見たいというような欲求はあるものですが、それに執着すれば、畢竟《ひっきょう》不快に陥ります。そのように、感覚器官の対象に執着してはいけないということは、仏教とヒンドゥー教で共通に説かれています。

ヒンドゥー教の三大目的

しかしヒンドゥー教には、また別の考え方もあるのです。ヒンドゥー教徒の三大目的は、ダルマ（法）、アルタ（実利）、カーマ（享楽）といわれています。そのうちダルマは、ヒンドゥー教徒の宗教的・社会的義務をさします。それからアルタとは、政治的・経済的な実利のことです。それからカーマは享楽、主として性愛のことです。これらが人間の三大目的とされています。ダルマを説く有名なものには、例えば『マヌ法典』があり、アルタを説くものとしては、カウティリヤ作とされる『実利論』（『アルタ・シャーストラ』）があります。それからカーマを説く書としては、『カーマ・スートラ』が有名です。

ヒンドゥー教徒は、この三つの目的を追求します。最後に解脱（ヴィモークシャ）がありますが、解脱は番外です。すべての人生の義務をまっとうした人が、解脱を追求したらどうかと勧めています。若いころから解脱を追求せよと教える場合もありますが、一般の世間的なヒンドゥー教の教えとしては、ダルマとアルタとカーマを三大目的として、解脱はそれとは別格の、非世間的な教えであると考えられています。

そして家庭に入った者は、特にカーマを追求せよというのが、ヒンドゥー教の常識的な教えです。『ギーター』においても、家庭に入った社会人は、感官の対象をひたすら追求せよと教えていると解せる箇所もあります（上村訳『バガヴァッド・ギーター』四・二六参照）。ヒンドゥー教徒にとっては、子孫をつくることが非常に重要です。家庭に入ったときは、適切な夫婦生活を送って子孫を残すことを勧めています。しかしその場合も、感覚器官の対象に執着すべきではないと教えています。家庭人は自己の義務を遂行しなければなりませんが、ただし、その行為に執着することなく、絶対者すなわち最高神に対する捧げものとしてそれを行うべきであるということです。

『ギーター』が初期仏教の経典と非常に異なる点は、人は生まれたからには自己の義務を遂行しなければならないと説く点です。しかし、その行為の結果や感官の対象に執着するなと教えております。

まさにこの世で、身体から解放される前に、欲望と怒りから生ずる激情に耐え得る者は、専心した幸福な人である。　（五・二三）

これも、ヨーガという絶対の境地を達成し、生前に解脱した人について説いています。ここで「専心した」ということばは、ヨーガという絶対の境地、絶対者ブラフマンとの合一に専心したという意味です。

ブラフマンにおける涅槃《ねはん》(二)

内に幸福あり、内に楽しみあり、内に光明あるヨーギンは、ブラフマンと一体化し、ブラフマンにおける涅槃に達する。（五・二四）

以下同様の文が二つほど続きますが、ここでは省略します。「ヨーギン」とは、ヨーガという絶対の境地をめざす実践者、求道者です。「ブラフマンと一体化」した人は、解脱した人のことです。この場合は生前に解脱した人です。そして「ブラフマンにおける涅槃」とは、前の箇所（二・七二）を参照しますと、死後に実現する完全な解脱をさすと思われます。つまり『ギーター』において、「涅槃」（ニルヴァーナ）ということばは、「死後に実現する完全に静寂な世界」という意味で使われていると考えてよいと思います。

ブラフマンと一体化し、「平等の境地に達した人は、すべてを平等に見るようになります。個が全体に帰入するのです。その全体は、完全無欠な状態で、完全に平等な状態です。全体に帰入すれば一切を平等に見るようになり、あらゆる生き物の幸せを喜ぶようになります。すべての人間も、ほかのすべての生き物も、同じものと考えられるからです。

このような聖者は、欲望と怒りを離れ、自己の心を制御し、真実の自己アートマンを知ることができる。すなわちアートマンを純粋にすることができる。そのような清浄な知を得ることができるとされます。

ここでは、以上のような生前の解脱を実現した人は、おそらく死後に、「ブラフマンにおける涅槃」、完全に静寂な世界に達すると説かれています。

ところが、「ブラフマンにおける涅槃」というのは、生前解脱の帰結であり、ここで説かれる主題は、あくまでも生前の解脱です。

眉間と白毫《びゃくごう》

次にその様子を具体的に説いております。

外界との接触を離れ、眼《まなこ》を眉間に注ぎ、鼻孔を通るプラーナ気とアパーナ気とを均

等にして、

感官と意《マナス》と知性《ブッディ》を制御し、願望と恐怖と怒りを離れ、解脱に専念する。常にこのようである聖者《ムニ》は、まさに解脱している。（五・二七、二八）

外界との接触を離れ、眼を眉間に注ぐ。鼻の孔を通る呼吸を均等にする。そして感覚器官と思考器官と知性（ブッディ）、つまり心の最も深層の部分の働きを制御して、願望と恐怖と怒りを離れる。こうして解脱に専念する。このような聖者はまさに生前に解脱しているといいます。

ここで注意しなければいけないのは、外界との接触を離れて、このような行に専念するのは、すでに行為を完成した聖者だということです。我々一般の社会人に向かって、みなこういうことをせよといっているわけではありません。非常に高い段階に達した人、行為をすでに超越した人へのメッセージだということです。

『ギーター』第六章の初めに、「ヨーガに登った人」、すなわち行為の超越を完成して寂滅を手段とする人のことが出てきますが、これらは一般の社会人に向かって説かれた教えではありません。『ギーター』においては、一般の社会人に向けられたメッセージと、行為の超越を完成した聖者に向けられたメッセージとが混在していますので、混乱しないように注意する必要があります。一般の社会人はひたすら行為に専念し、自分の仕事に励みなさいと勧めます。そうして完全に行為を超越できたとき、すなわち行為のヨーガを完成したとき、寂滅を手段としなさいと教えているのです（六・三の解説参照）。

ここ（五・二七、二八）で説かれていることは、すでに行為を完成した人に向けられたことばです。そういう人は外界との接触を離れる。すなわち、可能な限り外界の影響を受けないような場所で瞑想するわけです。ここで説かれる方法は、現在まで続くヨーガの諸派の実践方法と似ていますが、注意すべきは、『ギーター』の場合は、すでに行為の超越を完成した人のための教えだということです。

眉間にはアートマンが位置しているといわれることがあります。ヒンドゥー教や仏教の瞑想法において、眉間は意識を集中すべき重要な箇所の一つとされています。仏像には白《びゃく》毫《ごう》があります。白毫とは、仏の眉間のところにある、白い色の右回りに回る毛をいいます。実際には仏像の額のところに、水晶などをはめます。あれが白毫の象徴的な形です。『往生要集』で有名な源信（恵心僧都）に『白毫観』という著作があります。白毫観とは瞑想法の一つで、極楽の情景とか阿弥陀さまの姿を全部観想するのは大変だから、白毫に意識を集中しなさいと教えております。この教えは『往生要集』にも説かれています。これがもっと極端になりますと、ただ「南無阿弥陀仏」と称えなさいという教えになるわけです。それはさておき、眉間に意識を集中することは非常に重要であるとされます。

それから、ここに出てくるプラーナとアパーナという気息については、実は面倒な論争があります。あるウパニシャッド文献で簡単に定義されているところによると、プラーナは上のほうに吐き出される息で、アパーナは下のほうに向かう息であるといいます。インドの古典医学書によると、プラーナは喉から上のほうにある気息であり、食物を内臓へ送り、呼吸を支持する、また、アパーナは臍《へそ》のあたりにあって、排泄物などを下に押し出す働きをする、などと説明されます。ヨーガ学派においても、同様にいわれています。プラーナは上のほうに吐き出される息で、アパーナは下方に向かう息であるというのは、吐く息と吸い込む息とも考えられます。実際プラーナを出息、アパーナを入息ととる学者もおります。『ギーター』のこの箇所の場合は、出る息と入る息を平らかにすること、長く静かに呼吸すること、という趣旨であると解釈できると思います。

次に感覚器官と意（マナス、思考器官）と知性（ブッディ、根源的思惟機能）——心の最も深層の部分の働き——を制御して、あらゆる願望（欲望）、恐怖、怒りを離れ、ひたすら解脱を追求する。常にそのようである聖者は、生きながらにして解脱をしているとされます。これはまさに生前の解脱に達している聖者なのです。

第8章　瞑想の実践

放擲《ほうてき》とヨーガ

『ギーター』第六章に入ると、クリシュナはまた放擲《ほうてき》（サンニヤーサ）について語ります。

　行為の結果にこだわらず、なすべき行為をする人は、放擲者《サンニヤーシン》でありヨーギンである。単に祭火を設《もう》けず、行為をしない者は、そうではない。（六・一）

行為の結果に影響されず、なすべき行為をする人は放擲者——サンニヤーシン——であり、ヨーガの実践者、求道者である。単に祭式を行わず、その他の行為をしない者は、真の放擲者ではない、と説かれています。

ここでは、自己の義務を遂行して、行為の結果にこだわらない人がサンニヤーシンと呼ばれています。サンニヤーシンとは、息子に家長としての義務をゆだね、隠退した人です。

ヒンドゥー教徒である家長は祭式をはじめとする、宗教的・社会的な行為を行いますが、サンニヤーシンはもはや祭式を行わず、社会的な行為も捨てることになります。ところが『ギーター』においては、むしろ逆で、行為のヨーガ（行為による道）を実践している者が真のサンニヤーシンであると説かれます。つまり、放擲（サンニヤーサ）とは祭式をはじめとする諸行為を捨てることではなくて、むしろ実践することになります。ですから、放擲がすなわち行為のヨーガです。ヨーガという究極の境地を求めてひたすら行為に専念することが行為のヨーガであり、放擲であるということなのです。

放擲《サンニヤーサ》といわれるもの、それをヨーガと知れ。アルジュナよ。というのは、意図（願望）を放擲しないヨーギンは誰もいないから。（六・二）

放擲（サンニヤーサ）は、一般に「捨てる」という意味ですが、放擲することが実はヨーガである。というのは、思惑を放棄しないヨーガの実践者は誰もいないから、と説かれています。

ヨーギンとは、行為のヨーガ（行為による道）の実践者のことです。ヨーガという絶対の境地をめざす求道者と考えてよいでしょう。仏教でいう菩薩に似ています。ヨーガという絶対の境地をめざし、結果を顧みずに行為に専心すること、すなわち行為のヨーガが、放擲（サンニヤーサ）にほかなりません。

次の詩節は少し難解ですが、非常に重要なことが説かれています。

ヨーガに登ろうとする聖者《ムニ》にとって、行為が手段であると言われる。ヨーガに登った人にとって、寂滅が手段であるといわれる。（六・三）

ここで「ヨーガ」は、放擲（サンニヤーサ）、あるいは行為のヨーガをさすと思われます。「ヨーガに登ろうとする」とは、行為の超越（放擲）を完成しようとするという意味で、「ヨーガに登った」とは、行為の超越を完成したという意味であると解釈してよいでしょう。すなわち、ある高い段階に達するまでは行為をする必要があり、その段階に達したときに、完全に静寂な生活に入り、ブラフマンとの合一をめざすようになると説いたものです。

次に、「ヨーガに登った人」というのはいかなる人であるかを定義しています。

実に、感官の対象と行為とに執着せず、すべての意図を放擲した人は、ヨーガに登

った人といわれる。　（六・四）

このように、「ヨーガに登った人」とは、感覚器官の対象と行為とに執着しない、行為のヨーガの完成者であり、放擲を達成した人であることがわかります。そして、まだこの段階に達しない人は社会生活を捨てないで自己の義務に励むように、と勧めていることを読みとらなければなりません。つまり、「一般の人はひたすら仕事に励むべきである。自分のなすべきことを遂行しながら、自己を制御し、高めるように努力しなければならない」と暗に勧めているのだと解せます。

真実の自己を輝かせる

次に、まさに制御すべき自己について語ります。

自ら自己を高めるべきである。自己を沈めてはならぬ。実に自己こそ自己の友である。自己こそ自己の敵である。　（六・五）

自ら真実の自己（アートマン）を輝かせるべきだ。真実の自己を汚してはならない。まさに真実の自己こそ自己の友であり、それが汚されたとき、自己は自己の敵となる。あるいは、自己（心）こそ自己（アートマン）の友であり、敵である、という解釈をとるべきかもしれません。

自ら自己を克服した人にとって、自己は自己の友である。しかし自己を制していない人にとって、自己はまさに敵のように敵対する。（六・六）

自ら自己を克服した人にとって、真実の自己は自己の友のように輝き出る。しかし、自己を制していない人にとって、真実の自己は汚され、自己はまさに敵のように敵対するということです。あるいは、この場合も、自己（心）を克服した人にとって、自己（心）は自己の友である。しかし自己（心）を制していない人にとって、自己（心）は敵対する、と解したほうが妥当かもしれません。

初期仏典にもこれらの詩節と同様の表現が出ます。類似する表現は、大叙事詩『マハーバーラタ』をはじめ、インド古典によく見出されます。

善い行為は善い果報をもたらし、悪い行為は悪い果報をもたらすといわれます。ところが実際の生活では、必ずしもそうとは限りません。善いことをした人が不幸な目に遭い、反対に、悪いことをした人が何ら罰《ばち》が当たることもなく、幸せそうに暮らしている。法律に触れなくても、非常に自分勝手で人に迷惑をかけるような人が安楽に暮らしているのを、我々はよく見聞きいたします。そのようなとき、あんな悪いやつがのさばっていていてけしからん、神も仏もないと考えてしまいます。

しかし、因果というものは、それほどはっきりと目に見えるような形でめぐるものではありません。実に限りない無数の原因によって現在の我々が存在するわけです。だから、少しぐらい善行を行っても、悪行を行っても、すぐに結果があらわれるとは限らないのです。

さて、善いことをしても目に見える形で果報があらわれないなら、善いことをするのはやめようと思うかといえば、そうではない。多くの人が、あまり悪いことはできないのです。それはなぜか。よくいわれることですが、それはすべての人の心に仏性《ぶっしょう》があるからです。ヒンドゥー教でいえば、真実の自己アートマン、あるいは神性があるからです。だからあまり悪いことをすれば、良心の呵責によって本人がひどく苦しむことになります。

そうはいっても、多くの人々はやはり自分の利益を追求し、人を押し退けてまでして得をしようと考えます。それほどひどいことはしなくても、人が見ていないところで何か小さな悪いことをして、自分は悪いことをしたと気づきません。

また我々は、一生懸命働いて何も報われないと、徒労のように考えます。誰も評価してくれない。こんなことをして損をしたと思います。

そこで『ギーター』は教えているわけです。人は自分のアートマン——仏教なら仏性——を汚すようなことをしてはいけない。本来アートマンは清浄なものですが、人間の行為（業）がつくりだす種々の罪悪によって汚れている。このアートマンをもっと浄化し、アートマンが輝き出るようにしなければならない。自己を汚すような行為をすれば、まさに自己に敵対することになると。

ちょうど仏教にも有名な「七仏通戒《しちぶつつうかい》の偈《げ》」——過去七仏が共通に説いた詩——があります。「諸々の悪をすることなく、諸々の善を行う。そして自分の心を浄める。これが諸仏の教えである」と説いています。諸々の悪をするなと、当たり前のことをいっているようですが、大乗仏教的に見れば、自分の仏性——ヒンドゥー教でいえばアートマン——を汚すような行いをするなといっていると解せます。諸々の悪をしないとは、そういう意味にとれます。

それから、諸々の善を行うというのも、やはり仏性が輝き出るような行いをする。そして自分の心を浄める。それを磨いていく。これが諸仏の教えである。ありとあらゆるブッダ（覚者）の教えである、と説いています。ここで『ギーター』で説かれていることは、まさに「七仏通戒の偈」と同じ趣旨であると思います。

そして『ギーター』においては、真実の自己をみごとに制御すればヨーガは完成し、平等の境地に達すると説かれております。

自己を克服し寂滅した人の最高の自己《アートマン》は、寒暑や苦楽においても、毀誉褒貶《きよほうへん》においても、統一された状態でいる。（六・七）

自己を克服し、完全な寂静に達した人の最高のアートマン、真実の自己は、寒さや暑さ、苦しみや楽しみ、幸不幸に遭っても、人に褒められてもそしられても、不動であると説かれています。

「統一された状態」の原語はサマーヒタで、三昧《さんまい》（サマーディ）すなわち完全な精神統一に達した状態、平等の境地にあることです。真実の自己が本来のありのままの状態にあることを意味します。そのような最高の境地に達した人の真実の自己は、もはや寒暑や苦楽のような相対的なものに影響されることなく、独立し安住しております。

そしてヨーガに専心した実践者は、感覚器官を制御し、土くれでも石でも黄金でも、すべてを平等（同一）のものと見るといわれます（六・八）。

瞑想のヨーガと涅槃《ねはん》

では、ヨーガをめざす実践者は、どのような心がけで、どのような方法で修行するのでしょうか。それが、次に具体的に説かれています。

ヨーギンは一人で隠棲し、心身を制御し、願望なく、所有なく、常に専心すべきである。（六・一〇）

ヨーギン（ヨーガの実践者）は、人里離れたところに一人で隠棲し、心身を制御し、欲望も所有物も捨てて、常に専心すべきである。「専心する」とは、最高神に心を結びつけることだと思われます（六・一四参照）。

ここで一人で隠棲するヨーギンは、すでに「ヨーガに登った人」（六・三）です。行為の超越を完成して、つまり行為の放擲《ほうてき》をなし遂げて、寂滅によりどころを求めた人のことです。最後の第十八章（一八・五〇以下）でも、行為の超越を完成した人が絶対者ブラフマンに達するための方法が出てきますが、そこでも、人里離れたところで瞑想に専念すべきことが説かれています。

『ギーター』では、社会人としての義務をまっとうした段階で隠棲して、このような瞑想のヨーガを修めよと教えています。もちろん社会人が日ごろからそういう準備をしていてもかまわないわけですが、すべてを捨てるのは、社会人としての義務をまっとうした後の段階であるということです。

清浄な場所に、自己のため、高すぎず低すぎない、布と皮とクシャ草で覆った、堅固な座を設け、

その座に坐り、意《マナス》（思考器官）を専ら集中し、心と感官の活動を制御し、自己の清浄のためにヨーガを修めるべきである。

体と頭と首を一直線に不動に保ち、堅固〔に坐し〕、自らの鼻の先を凝視し、諸方を見ることなく、

自己（心）を静め、恐怖を離れ、梵行《ぼんぎょう》（禁欲）の誓いを守り、意を制御して、私に心を向け、私に専念し、専心して坐すべきである。（六・一一〜一四）

清らかな場所に高すぎず低すぎない座席を設け、その座席に坐って思考器官（マナス）を集中する。心と感覚器官の活動を制御して、自己を浄めるためにヨーガを修めるべきだ。

体と頭と首を一直線に不動に保ち、ぐらつかないようにしっかりと坐る。自分の鼻の先を凝視し、よそを見ない。自分の心を浄めて恐怖を離れ、禁欲の誓いを守り、思考器官を制御して、クリシュナに心を向けて専念し、専心して坐る。「専心」とは、クリシュナにこの上なく心を集中した状態であると思われます。

ここには、現在に至るまで連綿と続いてきたヨーガの諸派が教える瞑想の実践に通じる修行法が説かれています。ここで説かれる瞑想は、外的内的な条件を整えて心を静め、最高神たるクリシュナにもっぱら思念を集中することです。

瞑想のためには坐る場所が大事です。世俗から離れた森か山の中が理想的ですが、村や町の中でも、邪魔が入らない静かな場所ならさしつかえありません。そこに、ある程度安楽でしっかりした座席を設けます。硬い岩の上などに坐れば苦行にはなりますが、瞑想のためにはよくないでしょう。

そこで精神を集中し、耳や目などの感覚器官をその対象から引き離します。真実の自己であるアートマンは本来清浄なのですが、物質的なものと接触し汚れていますから、それらの物質的なものから切り離せば、アートマンを浄めることができると考えるのでしょう。

ヨーガの坐法も、坐禅と同じように、胴体と頭と首を一直線に保ち、体をふらふらさせないことが大切です（ただし、肩の力は抜きます）。そして自分の鼻の先などを凝視して意識を集中します。瞑想状態に入って心が静まりますと、死などの恐怖は取るに足りないと思うようになります。さらに禁欲を守る気持ちが確固たるものになります。そのとき、思考器官を制御して、クリシュナに心を向け、クリシュナに一意専心して坐るべきであると、ここに説かれています。

このように常に専心し、意を制御したヨーギンは、涅槃《ニルヴァーナ》をその極致とする、私に依拠する寂静に達する。（六・一五）

この「常に専心し」は、絶対者ブラフマンであり最高神であるクリシュナに、絶えず自己（アートマン）を結びつけることです。そうすればクリシュナと一体になり、寂静に達することができます。こうして最終的には、寂静の極致である涅槃（ニルヴァーナ）に達することができるのです。

『ギーター』においては、涅槃（ニルヴァーナ）ということばは、死後に実現される完全な解脱《げだつ》であると考えられているようです。その行為を完成し、行為の超越（放擲《ほうてき》）を完成して、寂滅の生活に入ったヨーガの実践者は、ずっとその修行（瞑想）を続け、絶えず自己を最高神と結びつけていると、死後に涅槃を実現できると、ここで教えているのです。

第9章　一切が平等

調和のとれた生活

行為の超越を完成した人が行う瞑想法に言及してから、続いて、ヨーガという絶対の境地を求める実修者がどのような生活を送ればよいか、ということを説きます。

食べすぎる者にも、全く食べない者にも、睡眠をとりすぎる者にも、不眠の者にも、ヨーガは不可能である。
節度をもって食べ、散策し、行為において節度をもって行動し、節度をもって睡眠し、目覚めている者に、苦を滅するヨーガが可能である。（六・一六、一七）

ここでは、非常に常識的なことが書かれています。『ギーター』で説く生活は意外に常識的です。仏教でも「苦楽の中道」といいます。釈尊自身、激しい苦行を行いましたが、ある時点でその苦行は無益であると気づき、苦行を捨てたと伝えられています。そして菩提樹の下で瞑想に入って、悟りを開いたのです。『ギーター』でも、苦と楽とのいずれにも偏るべきでないと教えています。

アーユル・ヴェーダというインドの伝統的な医学においても、過食は健康に害になると説かれています。あまり食べすぎてもいけないが、極端な断食もよくないとされます。食後に適度の散策をすることが勧められます。さらに睡眠についても同様で、眠りすぎてもいけないし、眠らなくてもいけない。適度な睡眠時間をとれということです。

極端な少食や不眠は体を衰弱させます。体力がなくなれば気力もなくなります。そうすれば、瞑想により至高存在と結びつくことができなくなります。瞑想によって至高存在の力を感じたり、至高存在と一体感を味わうことは、心身の衰弱によって幻覚のうちに神仏を見ることとは、まったく異質のことです。

『ギーター』は、いたずらに体を苦しめて、幻覚症状に陥るようなことは勧めません。幻覚のうちに神仏を見たところで、幻覚から醒めれば元の木阿弥です。『ギーター』では、恒常的に神と一体感を味わうこと、神の力を自分のうちに自覚することを理想としています。

節度をもって、調和のとれた生活をして、心身を健康に保つことが、「苦を滅するヨーガ」を実現する条件であるとされます。「苦を滅するヨーガ」における「ヨーガ」は、そこに至ったら苦が滅するような絶対の境地（平等の境地）です。あるいは、その境地をめざすヨーガの実修ともとれます。

ヨーガを修得したヨーギンの心は静まり、彼は絶対者ブラフマンと一体化して、最高の幸福を味わうとされます（六・二八）。

万物を自己のうちに見る

ヨーガに専心し、一切を平等に見る人は、自己《アートマン》を万物に存すると認め、また万物を自己のうちに見る。（六・二九）

ヨーガは絶対者との結合であると同時に平等の境地です。平等の境地であるヨーガを達成した人は、「自己（アートマン）を万物に存すると認め、また万物を自己のうちに見る」といわれます。真実の自己であるアートマンは、実は一切万物の中に存在し、また万物はアートマンのうちにあります。アートマンはちょうど虚空（アーカーシャ「霊気」）のように、一切のものをおおい、またすべての個物に行きわたっています。私にもあなたにも、すべてのもののうちにアートマンがあります。そして、それはすべてをおおって、すべてをうちに含んでおります。

ヒンドゥー教徒のダルマ（宗教的・社会的な義務）を説く書として有名な『マヌ法典』には、次のように説かれています。

すべての生き物の中に存在するアートマン、およびアートマンの中に存在するすべての生き物を等しく見るアートマヤージン（アートマンのみに供犠を捧げる者）は、主権（ブラフマンとの合一）を獲得する。（渡瀬信之訳『マヌ法典』一二・九一、中公文庫）

つまり『マヌ法典』では、すべての生物はアートマンをもち、またすべての生物はアートマンのうちにあるから、すべての生物が等しい（平等）と見る人は、絶対者ブラフマンと合一すると説かれています。

『マヌ法典』は『ギーター』と同じころに成立したと推定されますので、紀元前後のころに、こういう考え方が一般にあったということになります。

その前の時代を見ますと、紀元前八世紀ごろに成立したとされる、後期のヴェーダ聖典であるウパニシャッドの中に、聖者ヤージュニャヴァルキヤが妻に語った有名なことばがあります。

ああ、実に夫を愛するが故に夫が愛しきには非ず。アートマンを愛するが故に夫が愛しきなり。ああ、妻を愛するが故に妻が愛しきには非ず。アートマンを愛するが故に妻が愛しきなり。……。

(中村元著『インド思想史』岩波全書、三五頁参照)

同様に一切のものについて、それぞれのものが愛しいのはアートマンが愛しいからだと語ったと伝えられております(『ブリハッド・アーラニヤカ・ウパニシャッド』四・五)。アートマンは虚空(アーカーシャ「霊気」)のように万物をおおって、万物の一つ一つに入りこんでおります。私の真実の自己は、あなたの真実の自己と同じアートマンです。ウパニシャッドの聖者は、そのことをおそらく瞑想によって発見しました。その考え方が『ギーター』に受け継がれているのです。アートマンに限らず、それと同一とされるブラフマン、さらには最高神も虚空にたとえられます(九・六参照)。

大乗仏教の如来蔵思想は、すべてのものに如来(仏)たり得る可能性があると教えています。その如来蔵を説く仏典が、アートマン(「我《が》」)を「仏性《ぶっしょう》」、「如来蔵」と呼んでいます。その考え方が、日本の天台宗で本覚思想として大輪の花を開かせました。そして、宗教家や文化人だけでなく、広く日本の一般民衆に大きな影響を与えて今日に至っております。実に多くの人々がこの教えによって救われてきた、そして現在も救われているということは、否定しようにも否定できない事実です。

私を一切のうちに認め、一切を私のうちに見る人にとって、私は失われることなく、また、私にとって、彼は失われることがない。（六・三〇）

真実の自己アートマンは絶対者ブラフマンにほかならない、というのがウパニシャッド哲学の中心思想です。『ギーター』では、クリシュナは偉大な主（マヘーシュヴァラ）であり、ブラフマンと同一とされます。するとアートマンは、最高神であるクリシュナであるということになります。アートマンは万物のうちにあるから、そこで「私（クリシュナ）を一切のうちに認め、一切を私のうちに見る」ことが必要になります。実はクリシュナだけではなくすべての人が、彼と同様に一切のうちにあり、また一切を含んでいるのですが、そのことに気づいたとき、そのことを実感したとき、その人はクリシュナと一体になることができるということです。

一体観に立って、万物に存する私を信愛する者、そのヨーギンは、いかなる状態にあろうとも、私のうちにある。（六・三一）

万物が自己と一体であるという一体観に立って、すべてのもののうちに存在するクリシュナを信愛する者、そのような、ヨーガを求める求道者は、いかなる状態にあろうともクリシュナのうちにあると説かれています。

万物が自己と同一である。そしてクリシュナは一切のうちにあって、一切がクリシュナのうちにある。ということは、本当の自分はクリシュナと同一であるから、クリシュナを愛する。いいかえれば、アートマンが愛しいのであるから、人はクリシュナを愛さなければならない。このように自覚してクリシュナを愛するとき、その人はまさにクリシュナと一体になるということです。『ギーター』において、信愛するとは一体になることだということが、この箇所でもよくわかります。

自己との類比により、幸福にせよ不幸にせよ、それを一切〔の生類〕において等しいものと見る人、彼は最高のヨーギンであると考えられる。（六・三二）

自己とひき比べて、幸福であろうと不幸であろうと、それを一切の生物において等しいものと見る人、彼は最高のヨーギン、ヨーガを求める求道者である、と説かれています。自分を含む一切がアートマンであり、ブラフマンであり、偉大な主であると確信するとき、自他の区別はなくなり、すべてが平等になる。そう考えれば、他者の幸福と不幸は自分の幸福と不幸であることがわかるようになる。見方を変えれば、自分が幸福を欲し不幸を嫌うように、他者も幸福を欲し不幸を嫌うことがよくわかる。自分が人からされたくないことは、他人もされたくない。初期仏典においても、そのようなことが説かれており、自分とひき比べて他者を害するなと教えております（例えば、『スッタニパータ』七〇五、『ダンマパダ』一二九参照）。

　このように考えると、すべての生類に対して限りない慈しみの心が生じるはずです。仏教でいう慈悲の心が生じるのです。そのような人は最高のヨーギン、すなわちヨーガという絶対の境地を求める求道者であるとされます。

　アートマンは最高神にほかならないから神を信愛する、一切はアートマンであるから一切のものに限りない慈しみを抱く。これは、大乗の『涅槃経』（師子吼《ししく》菩薩品《ぼさつぼん》の六）に説かれる教えに通じるものがあると考えます。その箇所を要約して引用します。

一切衆生悉《ことごと》く仏性ありと言う。大慈大悲は仏性なり、仏性すなわち如来なり。……大信心は仏性なり、仏性すなわち如来なり。

「仏性」がアートマン（我）に対応するとすれば、『ギーター』の精神と同一であるといえます。真実の自己であるアートマンまたは仏性が輝き出るとき自他平等の境地が実現し、一切の衆生に対する限りない慈悲が生じ、同時に、至高の存在に対する最高の信仰が湧き上がって来るのです。「大信心は仏性なり……」は、親鸞もその和讃で引用しております（九・六の解説参照）。

常修と離欲による抑制

アルジュナは、クリシュナに対して、自分はヨーガという絶対の境地を得られないのではないかという不安を表明します。

あなたはヨーガが平等の境地であると説いたが、クリシュナよ、私はその不動の境地を見出せない。〔意《こころ》が〕動揺するから。（六・三三）

ヨーガが平等の境地であると前に説きました（二・四八参照）。ここでも、『ギーター』の説くヨーガは「平等の境地」であることが再確認されます。アルジュナは意が動揺し、風のように抑制されがたいので、ヨーガという不動の境地を得ることができないと嘆きます。それに対してクリシュナは、意は常修と離欲とによって抑制されると説きます。

勇士よ、確かに意《こころ》は動揺し、抑制され難い。しかし、それは常修と離欲とによって把促される。（六・三五）

この常修と離欲ということばは、『ヨーガ・スートラ』でも最も重視されています。離欲（ヴァイラーギヤ）は文字どおり欲を離れることです。一方、常修と訳された原語「アビヤーサ」は、常に絶えず努力して実修することです。『ヨーガ・スートラ』（一・一三）では、「〔心の働きを〕静止するための〔絶えざる〕努力」であると定義されています。『ギーター』では、後の箇所（八・八）からもわかるように、常修ということばは、「絶対者・最高神に絶えず専念すること」という意味で用いられているようです。ここでは、ヨーガの実修に努力することではないかとも考えられますが、平等の境地であるヨーガは、絶対者との結合でもありますから、それに向けての不断の実修ということで、結局は絶対者に絶えず専念するという意味になるのではないかと思います。

ヨーガという絶対の境地に達するためには、まず自己を制御しなければなりません。常修と離欲とによって自分の心を制御して、適切な方法で修行すれば、その絶対の境地に達することができるとされます（六・三六）。

絶対の境地であるヨーガを信じて求めることは、すなわち解脱《げだつ》を求めることです。解脱を求める求道者がヨーギンであります。解脱を求めることは最高の善行であり、そのような善行を積んだ人はしだいに向上していくとされます。

ヨーギンの一族に生まれた人は、「前生《ぜんしよう》に得た知性との結合を得る。それから更に、成就をめざして努力する」（六・四三）と説かれています。前生に得た知性は次の世でも引き継がれると考えられていました。

孜々《しし》として努力するヨーギンは、その罪が浄められ、多くの生涯を経て成就に達します。そして最高の帰趨である解脱に達するとされます。そして、

ヨーギンは苦行者よりも優れ、知識人よりも優れていると考えられる。またヨーギンは祭式を行う者よりも優れている。それ故、アルジュナよ、ヨーギンであれ。

（六・四六）

ヨーガという絶対の境地をめざす求道者は、苦行者や知識人や祭式を行う者よりも優れているとされます。苦行者などは、すべて当時非常に功徳あると考えられた人々です。一般に尊敬される苦行者なども、ヨーガを求めない限り、すなわち解脱をめざさない限り、それほど優れていないということです。

すべてのヨーギンのうちでも、私に心を向け、信仰を抱き、私を信愛する者は、「最高に専心した者」であると、私は考える。　（六・四七）

ヨーガに専心した人、いいかえれば絶対者ブラフマンに自己を結びつけた人は、「専心した者」（ユクタ）と呼ばれます。これは『ギーター』では、非常に高い境地に達した人という意味で用いられることばです。「結びつけられた者」という意味です。絶対者あるいは最高神に自己を結びつけた者が、「専心した者」と呼ばれるのです。そのうちでも、特にクリシュナに心を向け、そのクリシュナを信仰し、愛する者は、「最高に専心した者」（ユクタタマ）と呼ばれています。

ブラフマンに専心すべきことは、すでに古いウパニシャッド文献で説かれました。『ギーター』においては、クリシュナに専心することが、最も望ましいとされております。ここに、神である人間に帰依するという考え方が出てくるのです。なぜ人間として生まれたクリシュナに帰依しなければならないのか。実はクリシュナが最高神であるからですが、クリシュナは次の章で、いよいよ自分の正体を明らかにします。

第10章　信仰者の種類

クリシュナの本性

『ギーター』第七章に入ると、クリシュナはアルジュナに、自分に帰依してヨーガをおさめれば完全に自分を知ることができると告げ、いよいよ彼自身の本性を説き始めます。彼はまず自分の本性の一つである物質的原理（根本原質）を八様に分けて説きます。その物質的原理とは、地、水、火、風、虚空、思考器官（マナス）、根源的思惟機能（ブッディ）、自我意識（アハンカーラ）の八つです。この自我意識とは、それにより自分という意識が起こる器官で、この自我意識によって個性が生じます。

しかしクリシュナは、この八つの物質的原理である低次の本性（プラクリティ）とは別の、高次の本性を有するといいます。

これは低次のものである。だが私にはそれとは別の、生命《ジーヴァ》（霊我）である高次の

本性《プラクリティ》（精神的原理）があることを知れ。それにより世界は維持されている。（七・五）

この八つの物質的原理は低次の本性（プラクリティ）である。だがクリシュナにはそれとは別の、生命（ジーヴァ）である高次の本性、つまり精神的原理がある。それにより世界は維持されている、と説かれています。

最高神たるクリシュナの「生命」は、生命界において各個物の「生命」、つまり中心主体となっております。これは「高次の本性」と呼ばれ、古典サーンキヤ学派で説くプルシャ（純粋精神）に当たる精神的原理です。

万物はこれに由来すると理解せよ。私は全世界の本源であり終末である。私よりも高いものは他に何もない。アルジュナよ。この全世界は私につながれている。宝玉の群が糸につながれるように。（七・六、七）

万物はクリシュナの本性（プラクリティ）に由来すると説かれています。彼は全世界の本源であるとともに終末であります。すなわち、全世界は彼から生じ、彼の中に帰入します。彼は至高の存在で、全世界は彼につながれているといわれます。

万物は本源であるクリシュナを種子として生じたものであるといいます（七・一〇）。個々の被造物は、最高神たるクリシュナの肉体の諸々の部分と考えるとわかりよいでしょう。そして、被造物の一つ一つに、最高神の高次の本性である精神的原理が微妙なあり方で宿っていて、それが個物の中心主体になっていると考えられています。その中心主体は、物質的なものと結びついているうちは輪廻《りんね》を続け、再生を繰り返すとされます。

救いがたい悪人

その個物の物質的原理である本性（プラクリティ）は、三つの構成要素（グナ）の配分によって決まります。三つの要素とは、純質（サットヴァ）、激質（ラジャス）、暗質（タマス）です。個物の本性は、三つの構成要素の配分によって決まりますが、それは最高神によってあらかじめ定められたものです。

この純質、激質、暗質という三要素からなる状態、すなわちこれが現象界ですが、その現象界により、全世界のものたちは迷わされて、不変なる最高神を理解しないのである、とクリシュナは説きます。

実に、この要素《グナ》からなる私の神的な幻力《マーヤー》は超え難い。ただ私に帰依する人々は、こ

の幻力を超える。　　　　　　　　　　　　　　　　　　（七・一四）

「要素からなるマーヤー」とは、物質的原理である根本原質（プラクリティ）であるとともに、それから開展した現象界でもあります。あるいは現象界をつむぎだす力とも考えることができます（「マーヤー」は一般には「幻影」を意味します）。このマーヤーを超越する、すなわち物質的なものを離れれば解脱《げだつ》する。しかし一般の人にはそれは不可能です。ところが、その神的なマーヤーの本源である最高神に帰依すれば、奇跡的にそのマーヤーを超えることができると説かれております。

悪をなす迷える最低の人々は私に帰依しない。その知識はマーヤーに奪われ、阿修《アス》羅《ラ》的な状態にとどまる。　　　　　　　　　　　（七・一五）

アスラ（阿修羅）とは、神々に敵対する悪魔のことです。阿修羅的な人については、『ギーター』第十六章で詳しく説かれますが、要するに非常に傲慢で救われない最低の悪人たちです。大乗経典の『涅槃経』などにも、絶対に救われない悪人が出てきます。ちょうどそれに相当するものです。

『ギーター』でも『涅槃経』でも、すべての者が救われると説いていますので、このように絶対に救われない悪人の存在は、基本的な教えと矛盾することになります。理論的にはすべての人に神性――大乗仏教では仏性《ぶっしょう》――があるわけですが、現実には救いがたい悪人がいるということです。そのような人々は正しい教えをそしり、迫害を加えます。興味深いことには、『涅槃経』では、大乗の信者は正しい比丘《びく》を護るために武器をもってもよいとわざわざ許可しています。正しいと信じる教えも、武器を取って正当防衛しなければ、他の宗派に滅ぼされてしまいます。最初はひたすら純粋であった信仰が、組織になると変質せざるを得なくなります。ここにすべての宗教教団のジレンマがあります。理想と現実の相違、個人と組織の問題などが、必ず出てくるのです。

最高の信者

続いて、クリシュナを信愛する人の種類について見てみましょう。

アルジュナよ、四種の善行者が私を信愛する。すなわち、悩める人、知識を求める人、利益を求める人、知識ある人である。　（七・一六）

このうち、精神的な悩みのある人が信仰に入ることは、ごく普通に見られます。平穏無事なときは宗教などにはまったく関心のなかった人が、自分の力で解決できないような障害にぶつかったとき、急に信心深くなる。「苦しいときの神だのみ」とはよくいったものです。

近親や親しい知人が死んだとき。自分自身や、自分にとって大切な人が、重い病気にかかったとき。失恋をしたとき。人の怨みをかって身の危険を感じたとき。何か悪いことをして、良心の呵責に苦しめられるとき。そのほか数えあげればきりがありません。人間には悩みはつきものです。仏教では四苦八苦ということばでそれをまとめています。

それにしましても、不安が現実のものとなったときよりも、今か今かと待っているときのほうが悩みが深いようです。その代表的なものが、いうまでもなく死に対する恐怖です。死が現実のものとなったときは、もはや悩むことはない。しかし、それに至るまでの不安がたまらないのです。このようなどうしようもない不安にさいなまれるとき、人はしばしば超越的なものに救いを求めます。不安が強い人ほど深い信仰に入るのは確かなようです。

そのような人は、たとえ悩みにせよ、一つの観念に集中しているわけです。他のものが見えなくなって、非常に集中力が強くなっている。その集中力が信仰のほうにふり向けられたとき、その信仰はこの上なく強くなります。例えば自分がどうしようもない悪人だと痛感する人は、救われたいと思って、ひたすら仏に頼るようになります。

浄土真宗を開いた親鸞には、悪人正機説があります。悪人こそが救われるという考え方は、日本仏教の一大発見だと思います。最初に説いたのは、親鸞の師の法然だという説もありますが、いずれにせよ悪人正機説は大変ユニークな考え方です。

『ギーター』にもどります。クリシュナを信仰する四種の人々のうちの第二は、「知識を求める人」です。いかなる知識を求めるのか、「知識」ということばが曖昧ですが、一般的な知識を求める人とも、また絶対者についての知識を求める人とも解せます。『ギーター』に注釈をつけた大哲学者シャンカラは、「バガヴァット、すなわちクリシュナについての真実を知ろうと欲する者」と理解しました。もっと単純に何らかの知識を得たいので、神に願をかける場合などと解することもできます。

第三は「利益を求める人」です。現世的な利益を求めて神仏に帰依するタイプです。神社仏閣にお参りする実に多くの人がこのタイプです。利益とか出世とか成功とかを求めて信仰する。もちろん信仰者としては純粋ではないのですが、心を入れかえて、自己中心的な考え方を改めれば、正しい信仰に入れる可能性はあります。

第四は「知識ある人」です。単なる知識人でないことは明らかです。このような人は信仰者として最も優れているとされます。

彼らのうち、常に〔私に〕専心し、ひたむきな信愛《バクティ》を抱く、知識ある人が優れている。知識ある人にとって、私はこの上なく愛しく、私にとって彼は愛しいから。

これらの人々はすべて気高い。しかし、知識ある人は、まさに私と一心同体であると考えられる。というのは、彼は専心し、至高の帰趨である私に依拠しているから。

（七・一七、一八）

クリシュナの信者はすべて気高いのですが、そのうちでも「知識ある人」が最も優れているとされます。「知識ある人」とは、最高神たるクリシュナについて真の知識をもつ人ですが、同時に常にクリシュナに専心し、つまり自分をクリシュナに結びつけ、クリシュナにひたむきな信愛（バクティ）を抱く人だといいます。

この「信愛」と訳した「バクティ」は、「愛する」とか、「分ける」とか、「与《あずか》る」という意味の動詞語根「バジュ」から派生したことばです。「愛」と「信仰」とを意味することから、しばしば「信愛」と訳されます。しかし語源的には「〔席などを〕分かちあう」、「一緒になる」というような意味が可能で、そうすると「結合」を意味するヨーガとも関係があることばだと思われます。

ここで注目すべきは、「知識ある人」とは、クリシュナに自己を結びつけ、ひたむきなバクティを抱く人であるということです。『ギーター』の最後の第十八章でも明らかになるように、真の知識は最高のバクティと同一なのです。クリシュナを真に知ることは、彼をひたすら愛することです。そうすればクリシュナも彼を愛する。そのような人は、まさにクリシュナと一心同体であるとされます。彼は自己をクリシュナに結びつけて、彼と一体になっている。だから「知ること」は「愛すること」であって、そして「一心同体になること」です。これが『ギーター』で説く最高の信仰です。

幾多の生の最後に、知識ある人は、ヴァースデーヴァ（クリシュナ）はすべてであると考え、私に帰依する。そのような偉大な人は非常に得られ難い。（七・一九）

クリシュナはヴァスデーヴァという人の息子とされるので、ヴァースデーヴァ（「ヴァスデーヴァの息子」）と呼ばれていました。そのクリシュナに帰依する人は、真に偉大であると説かれています。

『ギーター』では、どのような人でもこの現世ですぐに解脱《げだつ》できるとは考えないようです。数多くの生涯において、ヨーガという絶対の境地を求めて絶えず実修した功徳として、真の知識を得て、「クリシュナはすべてだ」と完全に確信したとき、そのような「知識ある人」が彼に帰依するとされます。そういう「知識ある人」として生まれることは、非常に難しいと説いています。

人の本性は純質（サットヴァ）、激質（ラジャス）、暗質（タマス）という三つの構成要素（グナ）の配合によって決定されますが、そのうちの純質が非常に優勢になるとき、このような偉大な人として生まれると考えられます。

本性に定められた神

人々はそれぞれの本性に定められた神に帰依するとされています。後の第十七章でも、「すべての者の信仰はその心性に対応する」（一七・三）と説かれています。すなわち、信仰は本性によって定まり、各人の信仰のあり方は、純質的、激質的、暗質的の三種であるとされます。例えば、激質的な人は、夜叉《やしゃ》や羅刹《らせつ》などの鬼神を供養すると説かれます。このように、それぞれの人は、自分の本性に応じた神格に帰依するとされるのです。

それぞれの信者が、信仰をもってそれぞれの神格を崇めようと望むとき、私は各々の信仰を不動のものとする。

彼はその信仰と結ばれ、その神格を満足させることを望む。そしてそれから諸々の願望をかなえられる。それらは実は私自身によりかなえられたものである。

（七・二一、二二）

いかなる神を崇めようとも、心をこめて拝めばよいと、そう勧めているようです。ある人が不動の信仰を抱く場合、クリシュナがその信仰を不動にしているのだといいます。その人はそのことに気がつかないで、その神を満足させ、願望をかなえられます。しかし、実はその願望は最高神たるクリシュナによってかなえられているのだ、ということをその人は知りません（上村訳『バガヴァッド・ギーター』九・二三、二四参照）。

しかし、これらの小知の人々の得る果報は有限である。神々を崇める人々は神々に至り、私を信愛する人（信者）はこの私に至ることができる。（七・二三）

しかし、これらの知恵の劣った人々の得る果報は限界があるとされます。神々を崇める人々は神々に至り、クリシュナを信愛する信者は、クリシュナに至ることができると説かれています。

人々はそれぞれの信ずる神々を供養し、果報としてその神々の世界、すなわち天界にいくことができます。しかし天界にいっても、果報が尽きると再び地上に堕ちてきます。ところが、クリシュナを信じる人は、クリシュナすなわち絶対者と合一する。ということは、永遠の幸福である完全な解脱を実現することができるということです。

第11章　完全なるものへの回帰

神のヨーガ

引き続き『ギーター』第七章を読んでまいります。ここでクリシュナは、自分の本性について説いていますが、実は自分が最高神であることを明らかにします。ところが無知な人々は、クリシュナが不変であり至高の存在であることを知らないで、ただの人間であると考えています。

ヨーガの幻力《マーヤー》に覆われた私は、すべての者に明瞭ではない。この迷える世界は、私が不生不滅であることを知らない。　（七・二五）

マーヤーとは物質的な原理であるプラクリティ（根本原質）、あるいはそれが開展してできた現象のことです。とすると、この現象界がマーヤーであるといえます。そして人間クリシュナは現象界に生きていますから、マーヤーにおおわれています。人間クリシュナは、絶対者ブラフマンと一体である最高神が、自己の本性である精神的原理と物質的原理とを結びつけることによって、この世に生を享《う》けたものです。世の人々は、物質的なものと結びついた人間クリシュナのことを、偉大ではあるが人間にすぎないと考えております。

ところでこの場合、「ヨーガ」とは何でしょうか。ほかの箇所に出てくる「平等の境地」であるヨーガでないことは明らかです。クリシュナのヨーガ、神のヨーガのことです。「神のヨーガ」とは、最高神が「高次の本性」すなわち精神的原理を、「低次の本性」すなわち物質的原理（七・五参照）に結びつけ、マーヤー（現象世界）を発動させることであろうと筆者は考えます。

しかし、もし「人間のヨーガ」が、個人が自己を絶対者・最高神に結びつけることであるなら、「神のヨーガ」とは、逆に最高神が自己の本性を個物と結びつけることではないか、とも考えられます。つまり、人間の側は、自分を神に結びつける。それが人間のヨーガである。神のヨーガとは、神の側が、人間をはじめとする個物に自分を結びつけることである。そのようにも考えられるのです（九・五参照）。

　私は過去、現在、未来の万物を知っている。アルジュナよ、しかし何者も私を知ら

ない。　　　　　　　　　　　　　　　　　　　　　　　　　　　（七・二六）

クリシュナは、無限の過去から無限の未来にわたって常に存在するので、過去、現在、未来のすべてのものを知っています。しかし、誰も永遠の存在であるクリシュナの正体を知りません。実はすべての人も永遠の過去から存在していますが、それも当然わかりません。万物は創造のときに、すでに相対観の迷妄に陥っているからだといいます。

しかし、善行の人々の罪悪が尽きる時、彼らは相対観の迷妄を脱し、強固な信念をもって私を信愛する。　　　　　　　　　　　　　　　　　　　　　　（七・二八）

あらゆる行為は罪悪をひきずっていますが、善行を積めば、少しずつよい方向へいきます。善行を積んで罪悪が尽きた人々は、愚かしい相対的なものの見方を脱して、強固な信念をもってクリシュナを信愛するといいます。

相対観の迷妄を脱した人は、平等の境地であるヨーガを達成した人で、それがすなわち罪悪の尽きた人です。その平等の境地を達成した人が、クリシュナに強固な信愛（バクティ）を捧げるということです。

老死の苦しみから脱するためにクリシュナに帰依して、解脱《げだつ》をめざして努力する人々は、絶対者ブラフマンを知り、真にクリシュナを知るとされます（七・二九、三〇）。ここでも、「真に知る」とは一体になることであり、さらに真に愛することです。

最高のプルシャ

第八章の冒頭で、クリシュナは絶対者ブラフマンの諸相を述べてから、ブラフマンと一体である彼自身を、臨終のときに念ずべきであると説きます。

臨終のとき、私のみを念じて肉体を脱して逝く者は、私の状態に達する。この点に疑いはない。

臨終において、人がいかなる状態を念じて肉体を捨てようとも、常にその状態と一体化して、まさにその状態に赴く。（八・五、六）

臨終のときに何かを念じた場合、死後にその念じた対象と必ず一体化する。そういう考え方は、古いウパニシャッド文献のころから存在していました。インドの物語においても、死ぬときに見た動物に生まれかわるというような話があります。

ここでは、臨終に最高神を念ずれば、必ずその神と一体になることができると保証されています。仏教にも「臨終正念」ということばがあります。臨終に正しく阿弥陀仏を念ずれば、その浄土に生まれることができるというのです。

『ギーター』の注釈者の一人に、アビナヴァグプタという偉大な宗教家がいます。カシミールの思想家であり、文学者でもあった人ですが、そのアビナヴァグプタが、『ギーター』の注釈でおもしろいことをいっています。死の直前には意識がもうろうとして、神を正しく念じられないのではないかという心配があるが、その前に意識がしっかりしているときに神を念ずればよいとしているのです。なかなか具体的な注釈です。

そうであるなら、日常的に絶えず最高神を念ずることが必要だということになります。

それ故、あらゆる時に私を念ぜよ。そして戦え。私に意《こころ》と知性を委ねれば、疑いなく、まさに私のもとに来るであろう。（八・七）

それ故、あらゆるときにクリシュナを念じ、そして戦え。「戦え」とは、戦士アルジュナにいっているのです。我々にとっては、仕事に専念せよということです。あらゆるときに最高神を念じて行動せよといいます。クリシュナに意（思考器官）と知性（ブッディ、根源的思惟機能）をゆだねれば、疑いなくまさにクリシュナのもとに至ると説かれています。

我々日本人の場合なら、神仏を拝みに神社仏閣に行くときだけでなく、日常いかなる行為をしているときも、絶えず神仏を祈念することが肝要であるということになりましょう。『ギーター』の場合は、クリシュナを最高神として絶えず念ずることです。クリシュナに意（思考器官）と知性（根源的思惟機能）、すなわち心の最も奥深い部分の働きを結びつけることを勧めています。これを「常修のヨーガ」と呼んでいます。

常修のヨーガに専心し、他に向わぬ心によって念じつつ、人は神聖なる最高のプルシャに達する。（八・八）

常修（アビヤーサ）ということばは前（六・三五）にも出ましたが、ここで「常修のヨーガ」とは、最高神に絶えず専念することだということがわかります。ここで最高神は、「最高のプルシャ」と呼ばれています。最高のプルシャとは何でしょうか。

プルシャとは一般には人間を意味することばです。インド最古の聖典である『リグ・ヴェーダ』の第十巻に、「プルシャの讃歌」があります。そこではプルシャは原初の神なのです。「神人」、「原人」などと訳されます。そのプルシャは宇宙そのものである。神々が宇宙そのものである神人プルシャをいけにえとして祭祀《さいし》を行ったとき、プルシャから、月や太陽や火や、諸方位などが生じたといわれます。つまり、これは天地創造の神話です。これはまた、いろいろな民族の神話にある巨人解体神話の一種です。この神人プルシャは、本初の混沌（カオス）を象徴するとも解されます。混沌とした状態を分化して天地を創造するという考え方がここにあります。

『ギーター』において、「最高のプルシャ」は最高神なのですが（上村訳『バガヴァッド・ギーター』八・二〇〜二二参照）、最高原理ブラフマンが神格化されたものと考えられます。『ギーター』（八・四）では、「神格に関してそれ（ブラフマン）はプルシャである」と説かれています。つまり、ブラフマンを神格化したものがプルシャであるというのです。臨終のときに一心に最高のプルシャを念ずれば、その最高のプルシャと一体になるとされています。

臨終の正念

それでは、最高のプルシャと一体になり、不滅の境地に入るにはどうすればよいか。それが次のように具体的に説かれています。

身体の一切の門を制御し、意《マナス》（思考器官）を心中において遮断し、自己の気息を頭に止《とど》め、ヨーガの保持に努め、「オーム」という一音のブラフマン（聖音）を唱えながら私を念じ、肉体を捨てて逝く者、彼は最高の帰趨に達する。（八・一二、一三）

すべての感覚器官と思考器官を制御して、自分の気息（プラーナ）を頭に集中したままで、絶えずクリシュナに専念するという「常修のヨーガ」を持続する。そして絶対者ブラフマンの象徴である「オーム」という聖なる音を唱えて、クリシュナを念じつつ死んでいけば、その人は最高の帰趨に達するとされます。すなわちブラフマン、最高のプルシャと一体になることができるのです。

これはあくまでも、非常に高い段階に達したヨーギンが臨終のときに行うことです。一般の人々は、いくらまねても一気にそこまではいけません。むしろ危険です。我々としては、日々、自分の仕事に専念して、臨終にそなえ、絶えず神仏を念じていることが大切であると思います。

常に心を他に向けることなく、絶えず私を念ずる者、その常に〔私に〕専心したヨーギンにとって、私は容易に到達される。

私に到達して、最高の成就に達した偉大な人々は、苦の巣窟である無常なる再生を得ることはない。（八・一四、一五）

日常的にクリシュナを一心に祈念する人、常に心を彼に結びつける人、そのような人は臨終において、正しく念ずることができる。そして最高のプルシャであるクリシュナと合一し、輪廻《りんね》の苦しみから解脱することができると説かれています。

梵天《ブラフマー》の世界に至るまで、諸世界は回帰する。アルジュナよ。しかし、私に到達すれば、再生は存在しない。（八・一六）

梵天（ブラフマー）は、この世界を創《つく》った神とされます。梵天の世界とは最高の天界ですが、その梵天の世界に生まれたとしても、またそこで死んで輪廻しなければならない。しかも、その世界そのものが生滅を繰り返しているのです。しかし、絶対者であり最高のプルシャであるクリシュナと一体になれば、もはや再生しないと説かれています。

全体への帰入

そして、万物はその最高のプルシャの中にあるといわれます。

アルジュナよ、それは最高のプルシャである。しかしそれはひたむきな信愛《バクティ》により得られる。万物はその中にあり、この全世界はそれにより遍く満たされている。

（八・二二）

前に述べたように、最高原理ブラフマンを神格と見なしたものが、最高のプルシャです。ブラフマンは中性の原理ですが、それを男性の神格と見なしたものが最高のプルシャなのです。

仏教でいえば、ちょうど毘盧遮那仏《びるしゃなぶつ》のような法身仏《ほっしんぶつ》に当たるといえるかもしれません。法身とは、法（ダルマ）、真理そのものとしての仏でありますが、その場合、最高原理ブラフマンが法に当たるということができます。

最高原理であるブラフマンは、抽象的ですから、愛（バクティ）を捧げる対象とはなりませんが、最高のプルシャは神格ですから、ブラフマンと比較するとより具体的であり、愛を捧げる対象となる可能性があります。

そして『ギーター』の場合は、人間の姿をとったクリシュナが実は最高のプルシャであるというのです。そういう人間クリシュナであったら、より具体的になって、愛を捧げることが非常に容易になります。人間クリシュナが現にいなくなっても、さまざまな神の像や絵などを通して、クリシュナをイメージすることができます。人間にとっては、人間の姿をとった神をイメージするほうが容易なのです。

万物はこの最高のプルシャの中にあるとされます。その最高のプルシャは全世界をあまねく満たしています。ほかの箇所で、絶対者・最高神は虚空（アーカーシャ）にたとえられています。この虚空すなわちアーカーシャは大空のことですが、五元素の一つで、ちょうどヨーロッパのエーテル（霊気）に対応すると考えられます。

ところが、この世を去ったヨーギン（求道者）は、絶対者ブラフマンに達することができる人もいますが、再び輪廻する人もいます。すべてのときにおいて、ヨーガ――この場合は「常修のヨーガ」――に専心していれば、必ずブラフマンに達することができると説かれております（上村訳『バガヴァッド・ギーター』八・一二七参照）。

一般で認められている善行を行って、功徳を積んで天界にいっても、再び死んでまた再生します。それらの功徳は有限です。ヨーギンはすべてを超越し、最高の本初の状態に達するとされます（八・二八）。その本初の状態とは、最高のプルシャと一体になった境地です。

すでに述べましたように、原初、プルシャ（神人、原人）が解体されて天地が創造されたという神話がありますが、プルシャは、すべてが未分化な混沌たる本初の状態を象徴します。その混沌たる状態を象徴するプルシャが解体されて宇宙が創造された。ですから、プルシャと一体になることは、その本初の状態にもどることです。まだ分かれていない、すべてが一体となった混沌たる状態、すべてが融合した状態にもどることです。それが「平等の境地」でもあるわけです。すなわち個々のものが個であることをやめて、全体に帰入することなのです。

第12章　神のヨーガと最高神の本性

『ギーター』第九章に入ると、賢者クリシュナは、最高の秘密である理論知（ジュニャーナ）と実践知（ヴィジュニャーナ）とを説くと告げます。理論知は、クリシュナの本性についての知識で、実践知は、それに基づいてクリシュナをひたすら信愛することであると思われます。

虚空の比喩

この全世界は、非顕現な形の私によって遍《あまね》く満たされている。万物は私のうちにあるが、私はそれらのうちには存在しない。

しかも、万物は私のうちに存しない。見よ、私の神的なヨーガを。私の本性《アートマン》は万物を支え、万物を実現するが、万物のうちには存しない。（九・四、五）

「非顕現な形の私」とは、絶対者であり最高神であるクリシュナのことです。絶対者ブラフマンあるいはそれと同一の最高神は明瞭ではない。すなわち通常の認識によってはとらえられない存在です。

「万物は私のうちにあるが」といいながら、「しかも、万物は私のうちに存しない」と、謎のような表現を用いています。これは、最高神は通常のあり方で万物を中に入れているのではないということです。哲学者ラーマーヌジャは、瓶などが水を入れているように、通常のあり方で万物を入れているのではない、と注釈しています。

このことが「私の神的なヨーガ」といわれています。すなわち、「神のヨーガ」とは、最高神が非常に微妙な形ですべての個物とかかわりあうこと、つまり結びつくことである、ということがわかります。人間の行うヨーガが、人間が絶対者・最高神と結びつくことだとすれば、「神のヨーガ」とは、最高神のほうが人間をはじめとするすべての個物と結びつくことではないかと、前に述べました（七・二五の解説参照）が、決して無理な解釈ではないと思われます。

最高神は万物にあまねく満ちています。しかし「それらのうちに存在する」ということは正確ではありません。その一つ一つのもの、つまり個物が最高神を入れているといえば、最高神はそのものよりも小さいことになります。『ギーター』においても、他のインドの宗教的文献においても、「主は万物にまします」などと表現されますが、しかし、実はあるものの体のどこかに最高神が位置しているのではありません。そのものを含めて、すべてのものに、そして全宇宙に、神が満ち満ちているのです。「すべての人の心に神が宿る」というような表現は、比喩的な表現であると思います。

この最高神は、虚空にたとえられます。

いたるところに行きわたる強大な風が、常に虚空（エーテル）の中にあるように、同様に、万物は私のうちにある、と理解せよ。（九・六）

「虚空」ということばは、サンスクリット語「アーカーシャ」の訳です。アーカーシャは五元素（五大）の一つです。地・水・火・風・空が五元素とされ、それらは漢訳仏典では「五大」と訳されています。アーカーシャ（「空」と漢訳される）は、大空という空間の性格と、それから一種のエーテル（霊気）の性格を兼ねそなえています。アーカーシャは遍在し、かつ微細です。風はアーカーシャから生ずるとされました。最高神は遍在しかつ微細であることから、アーカーシャつまり虚空にたとえられます。そして最高神と同一であるとされる絶対者ブラフマン、あるいは最高アートマン（真実の自己）も、当然のことながら遍在し微細であって、虚空にたとえられることになります。

ヒンドゥー教に限らず、仏教においても仏を虚空にたとえます。例えば、大乗仏教に如来蔵思想というものがあります。すべてのものに如来たる可能性、仏たる可能性がある、という教えです。如来蔵思想を説く代表的な仏典に『大乗起信論』があります。そこには次のように説かれております。

心真如（心の真実のあり方）は分別・思惟を離れ、虚空（アーカーシャ）がすべてのものに滲透しているように、すべての衆生に滲透している。それはすべてのものの根元（法界）として同一の相をもっている。それはすべての如来に平等なる法身（法そのものとしての仏）にほかならない。

（高崎直道訳にもとづく。『大乗起信論』岩波文庫、一八六頁参照）

つまり、この「心真如」がアートマンに当たり、「法界《ほっかい》」がブラフマンに当たり、「法身《ほっしん》」が最高神に当たると考えられます。

やはり如来蔵思想を説く『宝生論』にも、虚空の比喩がたびたび用いられています。虚空の比喩は非常に巧妙なたとえです。広大ですべてをおおうとともに、微細ですべてに浸透しているというのです。

仏典には、仏の大慈悲は宇宙に満ち満ちていて、我々にも浸透しているが、我々は厚い煩悩におおわれていて、それを理解できないと説かれています。

煩悩眼《まなこ》を障《さ》えて見ることあたわずといえども、大悲ものうきことなくして、常にわが身を照らしたもう。

（源信『往生要集』、親鸞『正信念仏偈』）

この仏の大慈悲が仏性《ぶっしょう》であり、如来であります。

大慈大悲は仏性なり、仏性すなわち如来なり。

（『涅槃経』「師子吼菩薩品」の六）

仏性がアートマンに対応し、如来が最高神に対応すると考えることができましょう（六・三二の解説参照）。

世界創造の謎

『ギーター』の本文にもどります。

劫末《こう》において、万物は私のプラクリティ（根本原質）に赴く。劫の始めにおいて、私は再びそれらを出現させる。

自らのプラクリティに依存して、プラクリティの力により、この無力なる一切の万物の群を繰り返し出現させる。（九・七、八）

「劫末」とは、劫の終わりという意味です。劫はサンスクリット語の「カルパ」の訳です。よく面倒臭いとき、「億劫《おっくう》だ」といいます。もともと「おっこう」と読みます。劫が億あるという意味です。劫は大変に長い時間の単位です。インドの時間の単位では四百三十二万年を大ユガといい、その一千倍が劫――カルパ――であると説明されています。大変長い宇宙的な時間の単位ですが、これは梵天の昼の終わりであるとされます。梵天が起きている時間が一カルパです。この期間がすぎると、世界の大帰滅が起こります。終末のときです。梵天の夜がくるのです。

梵天の昼がくるとき、物質的原理である根本原質（プラクリティ）から万物が生じ、また夜がくるとき、それらの万物がその根本原質の中に帰入すると考えられています。

これは実に、最高神たるクリシュナがとりしきっていることだといいます。最高神は、精神的原理と物質的原理という二つの本性をもっているが、その二つの本性を結合させて、一切万物を繰り返し出現させるとされます。

しかもそれらの行為は私を束縛しない。私は中立者のように静止し、それらの行為に執着しないから。（九・九）

最高神としてのクリシュナは、このような創造の行為（カルマン）をしていますが、彼はその行為に束縛されません。つまり、彼自身「行為のヨーガ」（カルマ・ヨーガ）を行っているといえるのです。行為に執着することなく行為に専念する。行為の結果を目的とせずに、ひたすら無償の行為を行っているということです。

それにしても、最高神がなぜこの世界を創《つく》るのか、ということが永遠の疑問です。解脱《げだつ》というのは輪廻《りんね》の輪から逃れることです。そもそもこの世界が創られなければ、この世界がなければ、輪廻もないわけです。我々生き物の苦しみもない。なぜこの世界をわざわざ創るのか。ありがた迷惑な話で、最初から生まれなければ死ぬ苦しみもないのです。

そうすると、神も運命に支配されるのか、神は万能ではないのか、というような疑問が当然出てきます。ところがヒンドゥー教としては、最高神が運命に支配されると結論するはずはなく、神は運命を超越していると説きます。それでは、なぜわざわざこの不完全な世界を創ったのか。それは永遠の謎です。ヒンドゥー教では、それは最高神の不可思議な意志であるというのです。あるいは、神の遊戯（ゆうぎ、ゆげ）であるとも説明しています。人智の及ばぬ神の意志である、というよりしかたがないと思います。

この最高神は自らは静止して手を下さず、監督者として物質的原理（プラクリティ）を開展させて世界を創造します。いいかえれば、純粋に精神的な原理である本性を、物質的な原理である本性に結合させて、世界を創造すると考えることもできます。クリシュナの本性というのは、実はこのような最高神プルシャなのですが、一般の人々はそのクリシュナの正体を知りません。

迷える人々は、人間の体をとる私を軽んずる。私の万物の偉大な主としての最高の状態を知らないで……。（九・一一）

クリシュナは、最高神が人間の形をとったものだとされます。しかし、無知で頑迷な人々はそれを認めず、彼をただの人間であると考えています。彼の力を実際に見ても、手品師か幻術師のように考えたのではないかと想像されます。特に権力を求めたり、金もうけを考えたり、知識を鼻にかけたりしている連中は、自分たちの能力に非常な自信を抱いていますから、クリシュナの教えを聞こうとしません。

> 彼らは空しい願望を抱き、空しい行為をし、空しい知識を得、分別を失い、人を迷わせる、羅刹的、阿修羅的な本性《プラクリティ》に依存する。（九・一二）

「阿修羅的な人々」については、第十六章（一六・四〜二〇）で詳しく説かれます。要するに、欲望にふけっておごり高ぶり、人を押し退けて、権力と財産をガツガツ求める人たちです。彼らはクリシュナの説く正しい教えを信じないで、誤った価値観を抱いています。

第13章　最高神への信愛（バクティ）

クリシュナの念想

ここで、ひたすらクリシュナを信じる偉大な人々について言及します。

しかし、偉大な人々は神的な本性に依存し、私を不変なる万物の本初であると知って、一心に私を信愛する。（九・一三）

「神的な本性」についてもまた、第十六章（一六・一～三）で説明されます。偉大な人々は、クリシュナが万物の本初であって、最高神であることを知り、一心にクリシュナを信じ愛するのです。

彼らは信愛（バクティ）をこめてクリシュナを礼拝し、常に自己をクリシュナに結びつけて念想します（九・一四）。この「念想する」ということばですが、原語はサンスクリット語の「ウパース」です。ウパースは一般に「崇拝する」と訳されていますが、少し哲学的にいえば、あるものをあるものと同置するという意味であるといわれます。それからこのウパースは、「近くに坐る」、「仕える」という意味です。誰か偉大な人のそば近くで仕えるという意味です。だからこの場合も、祈念や瞑想のうちに神のそば近くに坐して仕えることである、と考えてよいと思います。クリシュナと一体になることを求めて、常にひたすら祈念すれば、クリシュナをそば近くに感ずるようになる。それがウパースの意味ではないかと思います。

また他の人々は、知識の祭祀で供養して私を念想する。唯一のものとして、また個別的なものとして。多様に〔現われ〕、あらゆる方角に顔を向けた私を……。（九・一五）

「知識の祭祀」とは、前に述べたように絶対者・最高神に関する知識に専念する行為です（四・三三参照）。最高神は最高原理ブラフマンと同一で、唯一の実在とされます。同時に多様にあらわれ出て、遍在しており、すべてのものに微妙なあり方で入りこんでいると考えられています。その意味で、「あらゆる方角に顔を向けた」と表現されているのです。

仏教のほうでも、観音菩薩は、原語は少し違いますが、やはり「あらゆる方角に顔を向けた者」と呼ばれています。有名な「観音経」は、『法華経』の中の「普門品《ふもんぼん》」という章に当たります。「普門」とはあまねき門という意味ですが、原語サマンタムカは、「あらゆる方角に顔を向けた者」という意味で、観音菩薩をあらわすことばです。

我々は苦しいときに神仏を祈念します。最高の存在がいちいち我々の祈りをきいてくれるとは奇妙に思われますが、ヒンドゥー教の考え方では、実は我々は最高神のうちにあって、また最高神は我々のうちにあるのですから、神は我々がいつ拝んでも必ずそれを聞いて救ってくださるということになります。仏教の仏菩薩も同じことです。

ひたすら私を思い、念想する人々、彼ら常に〔私に〕専心する人々に、私は安寧《あんねい》をもたらす。（九・二二）

常にクリシュナに自己を結びつけて祈念して、彼を身近に感じ、そば近くで仕える人々に、クリシュナは安寧をもたらすと説かれています。「安寧」とは解脱《げだつ》のことです。

クリシュナへの捧げもの

常にクリシュナに自己を結びつけて祈念すれば解脱が実現するということですが、『ギーター』では、ほかの神々に祭祀《さいし》を捧げて供養しても、結局はクリシュナを供養することになると説かれています（九・二三）。

なぜそういうことになるのか。それは、最高神としてのクリシュナは、すべての祭祀の享受者であり、主宰者であるからです（九・二四）。クリシュナの真実を知って、すべての行為をクリシュナに捧げる祭祀として行えば、クリシュナと一体になれます。しかし一般の人々は真実のクリシュナを知りません。そこでほかの神々を供養して、一応その神々の世界に行くことはできるのですが、結局、人間界と神々の世界を往来することになるといいます。

例えば、インドラ（帝釈天）を崇拝する人々はインドラの世界に行けるとされます。ほかの神々を崇拝すれば、その神々の世界に行ける。また祖先の霊を信奉すれば、祖先の霊の世界に行き、祖先たちと一緒になれる。あるいは鬼霊を供養すれば、鬼霊と一緒になれる。このように、人々は信仰する対象と一つになれるとされます。ですからクリシュナを信仰して供養すれば、クリシュナのもとに行き、クリシュナと一体になれると説かれています（九・二五）。

人が信愛《バクティ》をこめて私に葉、花、果実、水を供えるなら、その敬虔な人から、信愛をもって捧げられたものを私は受ける。（九・二六）

信愛すなわちバクティをこめて、というところが重要です。このバクティとは、一つに結びつくという愛です。男女の愛もバクティです。「（席などを）分かちあうこと」というような意味もあり、「参与すること」という意味もあります。男女の愛の場合なら、かなり具体的な愛です。全身全霊で「私」すなわち最高神たるクリシュナを愛し、祈念して、葉や花や果実や水を供えるなら、クリシュナは必ずそれを受けるというのです。

これは有名な文章ですが、この文を見るとき、日本の天台宗の本覚思想を説く『真如観』の一節を思い起こします。

若《も》し人此《こ》の思ひを成《な》して一燈、一房の花を捧げ、一捻《いちねん》の香を燃《た》いて供養をのぶるに、供養する人は縦《たと》ひ凡夫にして肉眼なれば是《こ》れをみず、供養せられ玉《たま》ふ仏菩薩は明らかに受用《じゆゆう》し玉《たま》ふ。（『真如観』六）

「この思いをなし」とは、すべてが真如である、仏である、ありのままの相（実相）であるから、一つの塵も真如であって、三世十方の諸仏――現在、過去、未来にわたる諸仏、あらゆる方角の諸仏――、そして一切の衆生は、みな一つの塵の中にある、ということを正しく知ってということです。ですから、背景となる考え方も『ギーター』と非常によく似ています。しかし、それよりも表現上の類似点に驚かされます。日本の天台宗の本覚思想は如来蔵思想の延長線上にあり、如来蔵思想は『ギーター』を代表とするヒンドゥー教思想の影響を受けているから、当然似てくるのだと説明することができますが、それにしても不思議なほどよく似ております。

『ギーター』においては、最高の信愛（バクティ）は真実の知識にほかなりません（一八・五五の解説参照）。真実の知識とは、最高神（絶対者）は真実の自己アートマンにほかならないという知です。あるいは、すべての汚れを離れてアートマンが輝き出るとき、真知が実現するともいえます。大乗の『涅槃経』に、「大信心は仏性《ぶっしょう》なり、仏性すなわち如来なり」と説かれていますが、それと同じ境地に達することであると思われます。仏性はまさにアートマン（我）に対応します。仏性が輝き出るとき、大信心が湧き上がるのです（六・三二の解説参照）。

あなたが行うこと、食べるもの、供えるもの、与えるもの、苦行すること、それを私への捧げものとせよ。アルジュナ。

かくてあなたは、善悪の果報をもたらす行為（業《ごう》）の束縛から解放されるであろう。放擲《ほうてき》のヨーガに専心し、解脱《げだつ》して私に至るであろう。　（九・二七、二八）

あなたが何かの行為をする。それから何かを食べる。神に供える。人に布施をする。苦行する。これは肉体的な苦行に限らず、いろいろな修養を積むことです。それをすべて、クリシュナへの捧げものとせよ。このようにすれば、何かの行為を行っても、それに束縛されることはない。放擲のヨーガに専心すれば、解脱して私に至るであろう。以上のように説かれています。

ここにも放擲（サンニヤーサ）というヨーガが説かれています。すべての行為を最高神であるクリシュナに対する捧げものとして行えば、善悪の結果をもたらす行為の束縛から解放される。そうすれば、解脱して最高神であるクリシュナと一体になることができるというのです。

私は万物に対して平等である。私には憎むものも好きなものもない。しかし、信愛をこめて私を愛する人々は私のうちにあり、私もまた彼らのうちにある。（九・二九）

最高神としてのクリシュナは、万物の父であり母でありますから、すべてのものに対して平等です。最高神は一切をおおい、一切に入っています。ただし一般の人々はそのことに気づかず、救われることはありません。しかし、クリシュナが最高神であることを如実に知って、信愛（バクティ）をこめて彼を愛し、彼と結ばれることを願う、そういう人々はクリシュナのうちにあり、クリシュナもまた彼らのうちにあるといいます。そういう人は、クリシュナと一体になることができるということです。逆にいえば、最高神は常に私たちとともにあるが、私たちがそれをありのまま（如実）に知って、愛をこめて神と結ばれることを願わない限り、神も手を差し延べることはないということになります。

先ほどご紹介した『真如観』という書物の作者は、六十歳になってようやく、「我すなわち真如なり」と知ったといいます。真如を仏といいかえてよいと思います。やはり本当に知るとは、全身全霊で如実に知ることです。

この『ギーター』の場合も、ひたすらクリシュナのことを信じて愛すれば、彼が最高神であることを真実に知ることができる、そういう意味で、最高神のことをありのまま、如実に知ることが重視されているのです。

『ギーター』では、ひたすらクリシュナを信愛すれば極悪人といえども救われると説かれています。

たとい極悪人であっても、ひたすら私を信愛するならば、彼はまさしく善人であると見なされるべきである。彼は正しく決意した人であるから。

速やかに彼は敬虔な人となり、永遠の寂静に達する。アルジュナよ、確信せよ。私の信者は滅びることがない。（九・三〇、三一）

ここに極悪人でも救われるとはっきり説かれています。大乗仏典でも、仏菩薩の力により悪人でも救われるという考え方が説かれていますが、その説が日本に入り、例えば源信は、悪人成仏について次のように説いています。

しかも阿弥陀仏には不思議の威力ましまし、もし一心に名《みな》を称すれば、

念々の中に、八十億劫の生死の重罪を滅したまふ。（『往生要集』岩波文庫〈下〉、三八頁）

この考え方が、法然や親鸞になると、悪人正機説となります。悪人のほうが善人よりも浄土に往生しやすいという説です。親鸞のユニークさは、悪人でも救われるといったのではなく、善人でも救われるといったことです。「善人なおもて往生をとぐ、いわんや悪人をや」と、悪人と善人の価値を逆転させた点にあるのです。

ところが『ギーター』では、まだ常識的です。悪人であっても救われると説いている。悪人のほうが容易に救われるとまでは説かれていません。しかし、最高神はすべての生類に対して平等であって、最高神に帰依すれば、男女、身分の分けへだてなく、いかなる人でも救われると説かれています（九・三二）。その点は、当時のインドとしては、極めて独創的な見解であったといえます。

『ギーター』の第四章でも、

仮にあなたが、すべての悪人のうちで最も悪人であるとしても、あなたは知識の舟により、すべての罪を渡るであろう。（四・三六）

と説かれています。この「知識」は、真実の知識であり、最高の信愛（バクティ）にほかなりません。

もちろん悪人がすべて救われるわけではありません。絶対者すなわち最高神について如実に知ることができれば、悪人といえども救われるというのです。如実に知るとは、ひたすら信愛することです。そうすれば、もはや一般の社会の善悪は相対化します。クリシュナを最高神であると知って、ひたすら結ばれることを願えば、すべての業は浄化されて、永遠の寂静に達すると説かれています。「確信せよ。私の信者（私を愛する者）は滅びることがない」ということばは、私たちをこよなく元気づけてくれます。

最高神はすべての生類に対して平等であり、彼に帰依すれば、性別とか身分などについての一般社会の差別はもはや関係なくなります。すべての人が最高の帰趨に達する、すべてのものが救われると、ここで説かれております。

さらにまた次のように説かれます。

いわんや福徳あるバラモンたちや、王仙である信者たちはなおさらである。この無常で不幸な世に生まれたから、私のみを信愛せよ。（九・三三）

社会的に上位と見なされるバラモン（聖職者たち）や王仙（王族出身の聖者）は、それだけ有利な条件をそなえているので、より解脱する機会に恵まれているとされます。親鸞と比べますと、このあたりに古代インド的な限界があるともいえます。もっとも、むしろ親鸞を生んだ日本仏教のほうが真にユニークだったといったほうがよいかもしれません。

日本仏教といえば、いわゆる南方系の仏教と比べますと、どうも堕落していると考えられがちです。さらに釈尊の教えから非常に遠いのではないかと批判する人もおります。しかし現代においては、むしろ日本仏教のほうが伝統的な仏教より優れた点があるのではないかと考えるものです。ただし、それを担う人々が、絶えず謙虚に精進しなければ、日本仏教のよさは発揮されませんが。

『ギーター』では、我々はこの無常で苦しみに満ちた世に生まれてしまったのだから、そこから抜け出るためには、一心にクリシュナを信じ愛せよ、このクリシュナの真実を知って、愛をこめて結びつくことを願え、と勧めております。

私に意《こころ》を向け、私を信愛せよ。私を供養し、私を礼拝せよ。このように私に専念し、〔私に〕専心すれば、あなたはまさに私に至るであろう。（九・三四）

常に意（思考）をクリシュナに向け、愛をこめて結びつくことを願いなさい。そして、すべての行為をクリシュナに捧げる祭祀として行い、クリシュナを礼拝し、クリシュナに専念して自己を結びつけなさい。そうすれば、クリシュナと一体になれる、と説かれています。

最高神の示現（ヴィブーティ）㈠

『ギーター』第十章に入ると、クリシュナは、「自分は神々や偉大な聖者たちよりも前から存在する本初の存在である。初めから存在するものであるから、神々や偉大な聖者たちも自分の本源を知らない」という意味のことを説いてから、次のように告げます。

私が不生であり無始である、世界の偉大な主であると知る人は、人間《じんかん》にあって迷わず、すべての罪悪から解放される。（一〇・三）

クリシュナは不生である。生まれないということは、本初から存在しているということです。そして始まりがない。彼が世界の偉大な主であると知る人は、人々の間にあって迷わない。そしてすべての罪悪から解放されるといわれます。ここで知るべきことは、クリシュナが実は最高神であり、本初より存在する、偉大な主（マヘーシュヴァラ）であるということです。そのように如実に知った人は、迷いを離れ、すべての罪悪から解放されると説かれています。

万物の個々の状態はひとえにクリシュナから生じたとされます（一〇・五）。

私のこの示現《ヴィブーティ》とヨーガとを如実に知る人は、揺ぎなきヨーガと結ばれる。この点について疑いはない。（一〇・七）

「示現」と訳した原語は、サンスクリット語の「ヴィブーティ」です。「ヴィブーティ」は非常に難しいことばですが、「主権」という意味と、「拡大」、「多様なあらわれ」という意味とを含むと思われます。単なる「あらわれ」や「遍在」ではありません。最高神としてのクリシュナの力の多様なあらわれを「ヴィブーティ」といったものと思われます（一〇・四一の解説参照）。

日本でも話題となったあるインドの聖者は、手品のように手からヴィブーティと呼ばれる灰を出します。どうして灰のことをヴィブーティと呼ぶのかと思っていたのですが、サンスクリット語の辞典を見ますと、「ヴィブーティ」の一つの意味に、「牛糞の粉末」という意味があります。中世のある時期に、「牛糞の粉末」という意味ができたようです。牛糞というと何か汚いようですが、インドでは聖なるものとされています。例えば牛糞を燃やした火は非常に清浄なものとされています。しかし、ここではもちろん、ヴィブーティは「牛糞の粉末」というような意味ではありません。ここでは、クリシュナの力の多様なあらわれのことだと思われます。

この詩節にある「ヨーガ」は、クリシュナのヨーガであって、神のヨーガです。最高神が純粋に精神的原理である高次の本性を、物質的原理である低次の本性に結びつけて万物を創造すること。そしてまた、万物とかかわりあいをもつことです。最高神がすべての個物と結びつくことです（七・二五、九・五参照）。

次の「揺るぎなきヨーガ」とは、平等の境地、絶対者との結合を意味します。クリシュナの本性を真に知れば、必ずヨーガという絶対の境地に至ることができると説いています。

私は一切の本源である。一切は私から展開する。そう考えて、知者たちは愛情をこめて私を信愛するのである。（一〇・八）

クリシュナは実は最高神（最高のプルシャ）であり、万物の本源である。そう知ったとき、その知者たちは愛情をこめて彼と一体となろうと願います。ここで、正しい知識が生じたときに、信愛（バクティ）が生じるということがわかります。つまり、信愛は正しい知識を前提とするということです。そしてさらに、究極的な知識は、最高の信愛が生じたときにあらわれる、ということが後で明らかになります（一八・五五の解説参照）。

最高神の示現（ヴィブーティ）㈡

常に心をクリシュナに結びつけて彼を信愛する人々に、クリシュナは知性を授け、彼と結びつくことができるようにさせるといいます。そして、

まさに彼らへの憐愍のために、私は個物《アートマン》の心に宿り、輝く知識の灯火により、無知から生ずる闇を滅ぼす。（一〇・一一）

「彼ら」とは、常に心をクリシュナに結びつけて信愛する人々のことです。「個物の心に宿り」は便宜的な訳です。最高神は虚空（アーカーシャ）、すなわち霊気（エーテル）のように万物をおおい、万物に浸透しています。最高神は真実の自己アートマンであり、輝く知識そのものです。クリシュナの本性についての正しい知識により信愛（バクティ）を得

て、根源的思惟機能（ブッディ）、すなわち心の最も深層の部分の働きを最高神に結びつけた人にとって、真実の知識が輝き出ます。

アルジュナはクリシュナに、「偉大な聖者たちは、クリシュナを最高のブラフマンであり、永遠にして神聖なプルシャであり、本初の神であり、不生なる主であると呼び、あなた自身もそれを認めている」という意味のことを告げます。つまりクリシュナは自他ともに認める最高神なのです。そしてアルジュナ自身も、すべて真実であると認めます（一〇・一二〜一四）。

アルジュナは、クリシュナにその示現（ヴィブーティ）を告げてほしいと請願します。クリシュナはさまざまなものに示現している。クリシュナの力があらゆるものにあらわれている。それを示現といいます。彼はその示現によって、これらの世界をあまねく満たしているとされます。

アルジュナの要請に対し、クリシュナは、自分の示現は神聖であり、限りなく多様であるから、そのうちの主要なものだけを語るといいます。

以下、彼は種々のグループを列挙して、そのうちで最上のものが自分であると告げます。その一つ一つはここでは省略します。クリシュナは自分自身の示現について述べてから、以上は自分の無限の示現のほんの一部にすぎないと説きます。

いかなるものでも権威があり、栄光あり、精力あるもの、それを私の威光(光輝)の一部から生じたものと理解せよ。(一〇・四一)

最高神はありとあらゆるものに満ち満ちていますが、そのうちでも特に権威があり、栄光があり、力をそなえてあらわれ出ているもの、すなわち最高神の威光(テージャス)の一部から生じたもの、それを「示現」(ヴィブーティ)と呼んだと考えられます。

実をいえば、最高神はありとあらゆるものに示現している。すべてのものに最高神の力があり、生命が秘められていると考えられます。ただ、ここではわかりやすいように、特に一般に権威あると認められたものを列挙したものでしょう。

最高神が種々の形をとって示現するという考え方は、『法華経』の中の「観音経」(普門《ふもん》品《ぼん》)において、観音菩薩が種々の身体をとって法を説くと述べられていることに対応します。一般には観音菩薩は三十三の身体をとるといわれますが、三十三という数は決して確定したものではありません。実は観音はありとあらゆるものに化身してあらわれるのです。

この観音は、「観世音」とも「観自在」とも訳されます。その原語は「アヴァローキテーシュヴァラ」で、アヴァローキタ(見られた)とイーシュヴァラ(主)という語が重なったものです。その原語の意味については、いろいろと難しい論議がありますが、素直に解せば、「イーシュヴァラ（主）を見た者」、または「〔一切を〕見る能力のある者」、または「見られた（示現した）イーシュヴァラ」などと訳せます。特に、あらゆるものに示現したイーシュヴァラという解釈が観音の性格に適合すると思います。最高の存在が、ありとあらゆるものの形をとって示現しているのです。

「イーシュヴァラ」ということばは、「自在」と漢訳されましたが、「主なる神」の意味です。ちょうど最高神としてのクリシュナも「偉大な主」、「世界の主」などと呼ばれています。ところが、やがて観音も「世界の主」（ローケーシュヴァラ）と同一視されるようになります。インドの人々にとって、観音は「世界の主」であったからこそ、あのように多くの観音像がつくられ、広く信仰されたのだと思われます。ちなみに、十一面観音の真言は「おん・ろけいじばら・きりく」ですが、「ろけいじばら」はローケーシュヴァラのことです。

第14章　カーラ（時間）の恐怖

最高神クリシュナの姿

『ギーター』第十一章の最初で、アルジュナはクリシュナの説いた「自己（アートマン）に関する」最高の教えにより自分の迷いは去ったと告げ、そして万物の生成と帰滅について、またクリシュナの不滅の偉大性について、クリシュナから聞いたことはすべて真実であると認めます。そしてついに、最高の主の姿を実際に見たいという望みを表明します。クリシュナはその願いを聞きいれ、アルジュナに天眼（神の眼）を授け、神聖にして多様なる自分の姿を見せます。クリシュナの身体の中には、全世界が一堂に会しております。『ギーター』全体の聞き手である盲目の王にこの場面を語る御者サンジャヤは、このときのクリシュナの姿、すなわちあらゆる方角に顔を向けた神の姿を、次のように描写しております。

もし天空に千の太陽の輝きが同時に発生したとしたら、それはこの偉大なお方の輝きに等しいかもしれない。

その時アルジュナは、神の中の神の身体において、全世界が一堂に会し、また多様に分かれているのを見た。（一一・一二、一三）

この時のクリシュナの姿は、ヴィシュヴァルーパと呼ばれます。ヴィシュヴァルーパとは、「一切の姿をもつ者」、「遍在者」という意味です。

その時、アルジュナは天眼を得て、クリシュナのうちに宇宙全体を見ます。彼は、クリシュナの身体が無限に広がり、ありとあらゆる姿をしているのを見ます。クリシュナは一切の方角に輝きわたる光の塊で、太陽のように燦然と輝いています。アルジュナはそのとき、彼が最高神（最高のプルシャ）であり、絶対者ブラフマンと一体であることを完全に確信します。

やはり宗教にはこういう要素があります。偉大な人物も、超人的な能力を発揮しないと、なかなか信じられないものです。信者でない人から見ますと、こういうことは荒唐無稽な話のように思われます。しかし、多くの信者を集めるためには、このような超能力も必要とされるのです。仏教の開祖である釈尊も、仏伝によると、神通力を発揮したといわれています。やはり、どのように巧みにことばで説いても、実際にそういう奇跡をあらわさないと、なかなか多くの信者が集まらないようです。

クリシュナの信者にとっても、このクリシュナが最高神としての姿をあらわす場面が、非常に大事な場面とされています。クリシュナが真実の最高神であることをこれで証明したことになります。

天地の間の空間、および一切の方角は、クリシュナによってあまねく満たされています。しかし、その偉大な神は、同時に恐ろしい姿をとっています。それを見て全世界はおののき、アルジュナもすっかり恐れます。

多くの口と眼、多くの腕と腿と足、多くの腹を持ち、多くの牙で恐ろしい、あなたの巨大な姿を見て、勇者よ、諸世界は戦慄く。そして私も……。（一一・二三）

敵軍の主だった王たちと味方の諸将は、急いで恐ろしいクリシュナの口に入っていきます。それどころか、世界中がその口に呑みこまれていきます。

そこでアルジュナは、クリシュナがあらわしているこのような恐ろしい姿は何ものの姿であるか、その目的は何かと尋ねます。

破壊の神カーラ

クリシュナは、自分は世界を滅亡させるカーラであることを告げます。「カーラ」ということばは時間という意味ですが、同時に運命、死の神をも意味します。

私は世界を滅亡させる強大なるカーラ（時間）である。諸世界を回収する（帰滅させる）ために、ここに活動を開始した。たといあなたがいないでも、敵軍にいるすべての戦士たちは生存しないであろう。
それ故、立ち上れ。名声を得よ。敵を征服して、繁栄する王国を享受せよ。彼らはまさに私によって、前もって殺されているのだ。あなたは単なる機会（道具）となれ。アルジュナ。（一一・三二、三三）

大叙事詩『マハーバーラタ』（一・一・一八七〜一九〇）に、カーラ（時間）の恐ろしさと偉大さを説いた有名な詩句があります。

創造神が定めた道を誰も乗り越えることはない。この一切は時間《カーラ》に基づく。生ずるにせよ滅するにせよ、幸福にせよ不幸にせよ。

時間は生類を熟させる。時間は生類を帰滅させる。時間は、生類を燃やす時間を、再び鎮める。

時間はこの世における善悪のすべての状態を創り出す。時間は一切の生類を帰滅させ、また再び創り出す。時間はすべての生類の中を、妨げられることなく、平等に歩きまわる。

過去・未来・現在の事象は、時間により創られたものと理解し、正気を失ってはなりませぬ。


まさにこの『マハーバーラタ』という大長篇の叙事詩の主題はカーラです。時間なのです。その第一巻第一章において、この大叙事詩の主題がカーラであることを宣言しているわけです。このカーラの力により、人々は生まれ、種々の行動をし、死んでいきます。この大叙事詩は、カーラにもてあそばれる人の世のむなしさを説いた作品です。おごれるものは滅び、勝利した人々もついにはこの世を去ります。

破壊の神カーラは創造神でもあり、また、この世を維持する神でもあります。要するに、カーラは最高神にほかならないのです。インド古典期のバルトリハリという有名な詩人は、カーラは生類という駒を動かしてゲームを楽しんでいるのだ、と歌っています（『バルトリハリ詩集』三・四二）。

大勢の人がいた家には、いつしか一人しかいなくなり、一人が住んでいて、ひき続き大勢が住むようになった家に、しまいには一人もいなくなる。

このように、〔ゲームに〕巧みな時間《カーラ》は、昼夜を二つの骰《さい》子のようにころがして、世界というゲーム台の上で、生類という駒で遊んでいる。

（上村勝彦『インド詩集　夢幻の愛』春秋社、一三七〜一三八頁参照）

ここでまた『ギーター』にもどります。

最高神は、今や世界を滅ぼすためにカーラとしての活動を開始したといいます。敵軍の諸将はすでに死ぬ運命にありますが、直接的に手をくだすものが必要です。クリシュナはアルジュナに、その役割を果たし、恐れずに戦えと命じます。最高神にとっては、英雄アルジュナも単なる道具にすぎません。

真の自由の実現

第十八章の最後のほうで、最高神はそのマーヤー（幻力）で万物をからくりにのせられたもののように回転させる、と説かれています。「マーヤー」ということばは、物質的原理プラクリティ（根本原質）、あるいはそれから展開する現象界であり、そしてまた現象界を創造する力とも考えられます。

アルジュナは戦士としての本性によって、自己の行為に縛られています。アルジュナが戦いたくないといっても、いやおうなく戦わなければなりません。

そうすると、人間にはまったく自由はないのか、我々は何をやっても単なる道具にすぎないのか、何とむなしいことか、ということになりますが、しかし、最高神と一体になれば救われると『ギーター』では教えています。人間には自由な行為はない。しかし、だからこそすべての行為を最高神に捧げて、全身全霊で彼に庇護を求めよと、そう勧めているのです。最高神の恩寵により、人は彼と一体になり、最高の寂静、永遠の幸福を実現することができるとされます。これこそ真の自由であるということでしょう（一八・六一の解説参照）。

アルジュナは、クリシュナのことばを聞いて、すなわちクリシュナが破壊の神カーラとしてあらわれたことを聞いて、合掌してふるえながら敬礼します。そして恐ろしさに口ごもりつつも、口をきわめて彼を讃えます。

アルジュナは、クリシュナが最高神であり、全世界をあまねく満たしていると告げます。そして、神々や創造者たちも、あらゆるものがクリシュナのあらわれにすぎないと讃えてから、何度もクリシュナに敬礼いたします。

前方から、また後方から敬礼。すべての方角から敬礼。一切者《サルヴァ》よ。あなたは無限の力と無量の勇猛さをもち、一切を満たしている。それ故、あなたは一切者である。（一一・四〇）

クリシュナを讃えて敬礼してから、アルジュナは、友人だと思ってクリシュナに無遠慮に語っていたことを詫び、許しを請います。

むなしさからの救済

クリシュナがアルジュナのために、カーラ（時間、運命、死の神）としての非常に恐ろしい姿をあらわしたとき、アルジュナは恐れおののき、早くもとの姿にもどってほしいと懇願します（一一・四五）。クリシュナはそれに応えて、もとの温和な人間の姿にもどります（一一・五〇）。

クリシュナは、アルジュナが見たような姿は、神々ですら、またヴェーダ学習や苦行・布施・祭祀《さいし》などの善行によっても、見ることはできないと告げます（一一・五二、五三）。しかし、ひたむきな信愛（バクティ）によってクリシュナを真に知り、その姿を見ることができる。そしてクリシュナに入ることができる。つまりクリシュナと一体になれると説きます（一一・五四）。

『ギーター』では、人間の運命は最高神のはからいによってあらかじめ決まっていて、各人がその本性に従うように定められているとされます。ちょうど現代の科学者が、ある人の性質や行動は遺伝子によってほとんど決定されていると説くのに似ています。それなら人間の自由意志はまったくないのか、努力してもむなしいのか、という疑問がわきます。確かに、努力してもむなしい、と感じることもあります。毎日あくせくと働いても、何ら報いられることがないように思われるときもあります。

有名な一休禅師が、これまた有名な和歌を詠んでいます。

よの中はくうて糞してねて起きて　さてその後は死ぬるばかりよ

人間は生まれて、食事をして、排泄して、あとは死ぬだけだということです。前に紹介しましたインドの詩人バルトリハリが、やはり人生のむなしさを歌っております(『バルトリハリ詩集』三・五〇)。それを紹介しておきます。

人は役者のように、暫し幼児となり、
暫し愛に喜ぶ青年となり、
暫し貧者となり、暫し富者となる。
やがて、老衰した身体をして、
皺で身を飾り、人生の終りに、
閻魔《ヤマ》の住処《すみか》という幕に入る。

(上村勝彦『インド詩集 夢幻の愛』春秋社、一四二頁参照)

最高神を知り、その姿を見れば、このむなしさから救われると知者は説きますが、いくら努力しても、それは不可能ではないかとも思われます。しかし、一つだけ救いがあると『ギーター』は説いています。それは、ひたむきな信愛(バクティ)によって、絶えずクリシュナを祈念し、絶えず自己を最高神に結びつけようと願うことです。

第十八章の最後（一八・五五）で明らかになるように、最高の信愛により真にクリシュナを知り、クリシュナと一体となるのです。つまり最高に愛することと、真に知ることと、そして一体になることとは、まさに同じであるということです。

私のための行為をし、私に専念し、私を信愛し、執着を離れ、すべてのものに対して敵意ない人は、まさに私に至る。アルジュナよ。（一一・五五）

「私のための行為」とはクリシュナを念想することです。彼のそば近くで仕えることです。具体的には、祈念または瞑想のうちにクリシュナをまぢかに感じ、崇拝することだと思われます。そしてひたすら彼に信愛（バクティ）を捧げる。つまり一つになろうと願う。そして、あらゆるものを平等（同一）であると見て、何ものにもとらわれることなく、すべてのものに対して敵意のない人、そのような人はまさにクリシュナと一体になることができると説かれています。

第15章　神に愛される人々

あらわではないものの念想

『ギーター』第十二章の冒頭で、アルジュナは次のように尋ねます。

このように常に〔あなたに〕専心し、あなたを念想する信者《バクタ》たちと、不滅で非顕現なものを〔念想する〕人々とでは、どちらが最もヨーガを知る者であるか。（一二・一）

少なくともこの文から、『ギーター』で説くヨーガは、念想することにより実現することがわかります。念想とは、自己をそのものに結びつけること、あるいは、祈念によりそば近くで仕え、崇拝することです。「不滅で非顕現なもの」とは、真実の自己アートマン、または絶対者ブラフマンのことです。これは実は同じものとされています。

ここでアルジュナは、常にクリシュナに自己を結びつけ、絶えずクリシュナを念想することと、不滅のアートマンまたはブラフマンを念想することと、どちらが容易にヨーガを実現できるかと尋ねています。つまり、人間クリシュナとしてあらわれた最高神を崇拝したほうがよいのか、あるいはアートマンやブラフマンという抽象的なものを考察したほうがよいのか、どちらがヨーガという絶対の境地の実現に至る近道かと尋ねているわけです。アートマンやブラフマンの考察は、すでにウパニシャッドという一連の文献に登場する聖者たちが実行しています。そして、絶対者を真に知ることが絶対者と一体になることであり、すなわち解脱《げだつ》であると考えたのです。ウパニシャッドに登場する聖者たちは、まさしく解脱を実現したと確信いたします。しかし、誰でも彼らのように解脱できるわけではありません。彼らに続く人々にとって、アートマンやブラフマンといった抽象的なものを念想することは、至難の業《わざ》であったと思われます。

そこに、クリシュナすなわち「最高のプルシャ」という神格が登場したのです。「最高のプルシャ」と呼ばれるもの、それはブラフマンという最高原理を神格化したものです。人間クリシュナは、その最高神自身のことばを伝えるいわば霊能者のような存在であった、と考えるとわかりやすいと思います。

最高神のことばを伝えるクリシュナは、完全に最高神そのものとなっています。聞いている人々も、彼を最高神そのものとして崇拝したと考えられます。最高のプルシャといっても、一般の人々にはまだまだ遠い存在でした。しかしその最高神は、クリシュナという人間の姿をとって目の前に存在している。あるいは後の世になって、実際にクリシュナの姿を見ることのできない人々も、クリシュナの神像や絵画などをよりどころとして、より具体的なイメージとして念想することができたと思われます。

そこで、クリシュナに常に心を結びつけて念想する人は「最高に専心した者」であるといわれます（一二・二）。そして、ブラフマンを念想しても、それがすなわちアートマンであると念想しても、同じように目的を達することができると説きます。

ブラフマンを知り、それと一体になることは、最高神たるクリシュナと一体になることにほかなりません。ブラフマンを知り、ヨーガを完成した人は、感官を制御し、一切を平等に考え、万物の幸福を喜び、ほかならぬクリシュナと一体になります（一二・四）。

しかし、ブラフマンのような抽象的な原理、あらわでない非顕現なものを念想し、それに到達しようとすることは、まさに至難の業《わざ》です。

だが、非顕現なものに専念した人々の労苦はより多大である。というのは、非顕現な帰結は、肉体を有する人々によっては到達され難いから。（一二・五）

人は念想したものと一体になる、という考え方があります。ということは、ブラフマンをずっと念想していればブラフマンと一体になれるはずです。しかし、ブラフマンという非顕現のもの、すなわちあらわでないものを念想する人は、自分自身をあらわでないものと同一であると念想しなければなりません。ところが、我々は肉体をもっていますから、それを「あらわでないもの」と考えることは難しいのです。それよりも、クリシュナという肉身をもった人間のイメージを重ね合わせた神格を念想するほうが容易であることは、疑う余地がありません。しかも、人間クリシュナを通じて神を念想しますから、神に愛（バクティ）を抱くことができます。抽象的な存在に愛を抱くことは難しいのです。

一方、すべての行為を私のうちに放擲《ほうてき》し、私に専念して、ひたむきなヨーガによって私を瞑想し、念想する人々、
それら私に心を注ぐ人々にとって、私は遠からず生死流転の海から彼らを救済する者となる。アルジュナよ。（一二・六、七）

「すべての行為を私のうちに放擲し」とは、すでに述べたように、すべての行為をクリシ

ユナに対する捧げものとして行うことです。そして行為とその結果に執着しないことです。次に「ひたむきなヨーガ」とは、ほかの箇所からして、「知性のヨーガ」に対応すると考えられます。すなわち、クリシュナに知性（ブッディ、根源的思惟機能）、つまり心の最も深層の部分の働きを集中することです（一三・一〇参照）。

すべての行為をクリシュナに捧げ、彼に専念し、心の最も深層の部分を結びつけて瞑想し、念想する。つまりまぢかに感じて崇拝する。そうすれば、クリシュナが輪廻《りんね》の海から救済してくれる。この文はそのように説いているのです。

最愛の信者

『ギーター』第十二章の第十三詩節以下で、クリシュナは自分にとって愛しいヨーギン、すなわちヨーガという究極の境地を求める求道者を列挙しております。

すべてのものに敵意を抱かず、友愛あり、哀れみ深く、「私のもの」という思いなく、我執なく、苦楽を平等に見て、忍耐あり、
常に満足し、自己を制御し、決意も堅く、私に意《こころ》と知性《ブッディ》を捧げ、私を信愛するヨーギン、彼は私にとって愛しい。（一二・一三、一四）

これは、すでに平等の境地であるヨーガを達成した人について述べています。すべてが平等であるから、すべてが自己と同じである。ということは、誰か他者に対して敵意を抱くことはあり得ない。すべてのものに慈悲を抱くというのです。

この文の「友愛あり、哀れみ深く」の原語は、「友愛」のほうは「マイトラ」で、「哀れみ深く」のほうは「カルナ」ですから、ちょうど仏教の「慈悲」に対応することばです。「慈悲」は慈（マイトリー）と悲（カルナー）に分かれ、友情に満ちた心と悲しみの心です。すべての生類に友情を抱き、そのものの悲しみを自分の悲しみとすることです。このような人には、もはや「自分のもの」という思いがなくなる。そして自分と他人との区別がなくなってしまう。さらに我執もなくなり、幸福と不幸も異なることがありません。すべてを受け入れて、常に充足しております。自己を制御し、堅い決意をもってクリシュナに意《こころ》（思考器官）と知性（ブッディ、根源的思惟機能）を結びつけ、彼を信愛します。まさに大乗の『涅槃経』に説かれる、「大慈大悲は仏性なり……大信心は仏性なり」の境地です（六・三二の解説参照）。そのようなヨーギンは、クリシュナにとって愛しいと説いています。

世間が彼を恐れず、彼も世間を恐れない。喜怒や恐怖や不安を離れた人、彼は私にとって愛しい。（一二・一五）

彼は世の人々に恐怖を起こさせません。そして、彼も世の人々を恐れません。そのような、喜びも怒りも離れ、恐怖や不安を離れた人、そういう人もクリシュナにとって愛しいと説かれています。

何ごとも期待せず、清浄で有能、中立を守り、動揺を離れ、すべての企図を捨て、私を信愛する人、彼は私にとって愛しい。（一二・一六）

何も期待しない人。一般の人は、何かよいことはないかと、絶えずあくせくしています。よいことがないと意気消沈し、よいことがあると有頂天になる。しかし、お祭りも終わってしまえば、むなしさだけが残ります。こうして、人々は絶えずもの足りない気持ちでいます。しかし、何も期待しなければ、むなしい気分になることはないわけです。

清らかでしかも仕事に有能である。何か対立がある場合には中立を守る。あらゆることに動揺しない。そして何事をも企てようとしない。これは、自己のなすべき仕事（ダルマ）は行うが、自分の欲望から何かを企てない、という意味だと思います。そしてクリシュナを信愛する人、そういう人もクリシュナにとって愛しいと説かれています。

喜ばず、憎まず、悲しまず、望まず、好悪を捨て、信愛《バクティ》を抱く人、彼は私にとって愛しい。（一二・一七）

何かよいことがあっても喜ばない。また悪人がいても、敵がいても、憎まない。悲しいことがあっても平然としている。何か願望を抱くこともない。喜ばしいこともそうでないことも、彼にとってはどちらでもよいことである。そしてクリシュナに信愛（バクティ）を抱く人、そういう人も、クリシュナにとって愛しいと説いています。

敵と味方に対して平等であり、また尊敬と軽蔑に対しても平等であり、寒暑や苦楽に対しても平等であり、執着を離れた人、
毀誉《きよ》褒貶《ほうへん》を等しく見て、沈黙し、いかなるものにも満足し、住処《すみか》なく、心が確定し、
信愛に満ちた人、彼は私にとって愛しい。（一二・一八、一九）

このような人は平等の境地に達していますから、敵も味方もありません。尊敬されても軽蔑されても、うれしがりも怒りもしない。寒さ暑さ、幸不幸も同じことです。こういう人は、ものごとに対する執着を離れています。非難されてもほめられても同じことです。沈黙を保ち、あらゆるものに充足し、定まった住居がなくても平気です。知性が確定し、信愛にあふれております。こういう人もクリシュナにとって愛しいと説いています。

このような高い境地、平等の境地に達した人がクリシュナにとって愛しいのは当然のことですが、それよりももっと愛しい人がいると説かれます。

しかし、以上述べた、この正しい甘露（不死）〔の教え〕を念想し、信仰し、私に専念する信者たち、彼らは私にとってこよなく愛しい。（一二・二〇）

すでに平等の境地に達した人（一二・一三〜一九）について述べたのは、この文を対比させるためです。この第十二章の主題は、あくまでもこの文にあります。すなわち、この章の最初で見たように、クリシュナに専心する信者（バクタ）が最上であるということです。クリシュナの説く甘露のような教えを信奉し、クリシュナに絶えず専念する信者たち、いまだ平等の境地たるヨーガを完成していないとしても、このような常修のヨーガを行っている信者たち、彼らこそクリシュナにとって最も愛しい。以上のように説いたものと考えられます。

第16章　正しい生き方

慢心、偽善、不殺生

『ギーター』第十三章の第七詩節以下で、クリシュナは「知識」について説きます。ここでは、クリシュナの信者が守るべき行動様式を、正しい「知識」として列挙しています。

慢心や偽善のないこと。不殺生、忍耐、廉直。師匠に対する奉仕、清浄、堅い決意、自己抑制。（一三・七）

まず「慢心」ですが、あらゆる場合、慢心は捨てるべきです。特に宗教家にとっては、この慢心は大敵です。いくら宗教的な行為を行っても、自慢をすれば逆効果になります。例えば人が絶対にまねのできないような激しい修行をする。世間の人が褒めてくれたり、あがめてくれる。生き神さまだなどといわれると、自分も偉いことをしたと思う。そして、自分は死にそうな修行を行ったと人に吹聴するようになる。聞く人は大変ありがたがり、その人を尊敬します。ところが本人にとっては、自慢すると、せっかく積んだ功徳が逆にその人を害するようになるのです。一般の人でも自慢はいけないが、宗教家の場合は特にいけません。積んだ力が全部出ていってしまいます。

次に「偽善」ですが、宗教的な行為とか慈善事業はとかく偽善に陥りやすく、これは非常に有害です。

次に「不殺生」と訳した原語「アヒンサー」は、他者を傷つけないことです。「無傷害」と訳す人もいます。有名なマハトマ・ガンジーがアヒンサーを特に重視し、無抵抗主義を貫いたことはよく知られています。アヒンサーとは、人間だけでなく動物も殺さないことです。

ちなみに、ヒンドゥー教も仏教も、初めのうちは特に肉食を禁じてはいませんでした。初期の仏典には、わざわざ肉食はかまわないと書いてあります。つまり、あらゆる人から施された食物を受けなければならない。托鉢で得たものを食べて生活していますから、一般の人から布施されたものに肉がまじっている場合もあるわけです。お釈迦さまも、豚肉を食べて亡くなったという説もあります（キノコという説もあります）。現在も、南方仏教では肉食を許容します。初期仏教では、自分が殺したり、自分のために殺されたりしたのでなければよい、などという場合もあります。仏教と同じ時代に出たジャイナ教は、絶対に生き物を殺さないという教えです。細かな虫などを吸い込んではいけないというのでマスクをして歩く、小さな生き物を殺さないためハタキのようなものを持って掃きながら歩くといいます。

自分のために殺されたのでなければよいなどということでは、やはり偽善的ではないかと思われます。論理的に考えれば、不殺生の立場では、やはり動物を殺して食べるべきではないということになります。インドでは輪廻《りんね》を認めますから、我々も動物に生まれかわる。さらにまた、すべての生き物はみな平等であると説きますから、動物も人間も同じことになります。人間を食べていけないのなら、動物も食べてはいけないという理屈になるわけです。

それにいろいろな事情も加わって、しだいにインドの宗教では肉食を禁ずる傾向が強くなります。肉食を禁ずるようになったのは、インドの気候的な問題もあると思われます。非常に暑い国ですから肉はすぐ腐ってしまいます。悪くなった肉を食べれば体をこわします。そのような気候的な条件や風土的な条件などからも、肉食を禁ずるようになったと考えられます。

忍耐、廉直など

次に「忍耐」。あらゆることに耐えること。これは仏教においても「忍辱《にんにく》」と呼ばれ、非常に大切なこととされます。しかし、口でいうのはたやすいのですが、実行するのは実に難しいことです。世の中には、自分だけがよければよいと考えるような、勝手な人がたくさんいます。程度の差はありますが、多くの人はそういう人です。あるいはまた、悪い人ではなくても、非常に頑固であったり、自分と相性が悪くて何かにつけて不愉快な言動をする人がいます。そのような人がしかけてくる不愉快なことに耐えることは容易ではありません。辛抱に辛抱を重ねても、いつか爆発することもあるでしょう。

しかし、むしろ相手のしかけてくることを自分に対する試練ととらえ、自分の人格を磨く絶好の機会と評価する。そうすると、まわりの人々もこちらの立場を理解してくれる場合もあり、ひょっとしたら相手もわかってくれるかもしれません。もちろんわかってくれない場合のほうが多いのですが、しかしそういうことを繰り返していれば、少しずつ人格が磨かれて、真実の自己（アートマン）——仏教の場合は仏性《ぶっしょう》——が輝き出てくる。毎日そのように考えて行動していると、自分の心がしだいに磨かれていくと考えるべきだと思います。また、仏教徒なら、相手や相手の祖先のために祈ったりすることが、実に大きな功徳を積むことになります。不思議と、相手の心も和らぐものです。

次に「廉直」とは正直なことです。我々はうそをついてはいけない。正直でなければいけません。ごくわずかな不正でも神や仏が見ています。真実の自己を輝かせるためには、絶えず自分で自分が恥ずかしくない行為をしなければなりません。しかし真実を語って人を傷つける場合もあります。「うそも方便」といいますが、そういう場合は真実を少し曖昧にすることは許されると思います。うそをつくなというのは、要するに自分の欲望のためにうそをついてはいけないということです。人のために、自分の心に恥じないようにうそをつくことは、社会人としては仕方がないことだと思います。しかし、社会人として生活をまっとうして、『ギーター』でいうヨーガに登った人、そういう高い境地に達した場合は、絶対にうそをつかなくなるのだと考えればよいと思います。

次に「師匠に対する奉仕」ですが、古代インドでは、師匠は神に等しい絶対的な存在でした。例えば叙事詩『マハーバーラタ』の中に、ひどく弟子をいじめる先生が出てきます。いろいろ無理難題をもちかけますが、しかし弟子はそれを怒れない。ひたすら奉仕しなければならない。そういうエピソードがあります。インド中世の処世を説く書にも、師がいくら悪くて愚かであってもこれを尊敬せよ、と説かれています。

次の「清浄」は清らかなことで、身体の内外の清浄です。清らかな環境と清らかな身体を保つとともに、ことばと心も清らかにしなければなりません。汚いことばを他人にかけたり、汚いことを考えたりしてはいけないということです。

次に「堅い決意」。決意したことを途中で放り出してはいけません。自ら信ずるところを、平常心を保って、着実に持続することです。

最後に「自己抑制」。とかく我々は自分を失いがちです。例えばお酒を飲んではめをはずす。心理学者などの中には、精神衛生上はめをはずしたほうがよいのだ、欲求不満を解消するために、どんどん自分の本能を出していけという人もいます。しかし程度問題でしょう。習い性となるということもあります。

離欲、我執、四苦について

感官の対象に対する離欲。我執のないこと。生老病死苦の害悪を考察すること。（一三・八）

「感官の対象」とは、目や口などの感覚器官の対象です。「色・声・香・味・触」、すなわち色や形、音声、香り、味、接触などです。そういう感官の対象に対する離欲をここで説いています。我々は一般に、美しい色とか形、美しい音声、よいにおい、おいしい食物、快い接触を追求いたします。しかし、それらは快楽をもたらすように見えても、実は毒をもたらす、というのが仏教や禁欲的なヒンドゥー教の考え方です。

「禁欲的な」といったのは、一般にヒンドゥー教では享楽（カーマ）を重視する傾向も強いからです。常識的なヒンドゥー教としては、若いころは大いに楽しめと教える。それも子孫繁栄のためには大事なことだ、人間の本性として当然のことだと教えております。しかしヒンドゥー教でも、禁欲的な人々は、つかの間の快楽を捨てよと教えます。

我々としてはどうすればよいでしょうか。どうしても美しい色や形、美しい音などに魅了されてしまいます。しかしそれは差別につながります。美しいと思わないものを差別する危険性があります。筆者としては、美しいものを一種の余得、余分のもうけものと考えています。美しい人やものを見たり、美しい音を聞いたり、おいしい食物を食べる。そういうとき、これは幻のようなものではあるが余得である、と思うことにしています。幻だからこそ、そのようなものを味わうとき、いっそう「一期一会」の喜びがあるのではないでしょうか。

『ギーター』では、音声などの感官の対象を心ゆくまで追求してもよいと認めているかのような箇所があります（上村訳『バガヴァッド・ギーター』四・二六参照）。家に住み、家庭生活を営む人々にとって、享楽は重視されます。しかしその場合でも、その行為とその結果に執着してはいけない、すべてを神に対する捧げものとして行えというのが、『ギーター』独自の教えです。

次に「我執のないこと」。西洋の思想は一般に自我を尊重します。「我思う、ゆえに我あり」という有名なことばがありますが、常に自分を中心に考えます。しかし、ヒンドゥー教や仏教では、できる限り自我をおさえることを教えます。「我あり」と思う考えを捨てるのです。前にもふれましたように、個性があるうちは輪廻《りんね》する、個性を捨てたときに初めて解脱《げだつ》できると考えます。自分は何ものでもないと考えるとき、人は非常に謙虚になれるのです。

仏教に「自力」と「他力」があるといいますが、「自力」といっても仏と一体になれるように努力することですから、大きな力に身をゆだねるという点では「他力」と変わりがありません。すべての仏教は「他力」であるということができます（『早島鏡正著作集13』二八二頁など参照）。

「他力」といえば、浄土真宗の親鸞が有名ですが、親鸞は五十九歳のとき風邪で高熱を出したということです。「三部経」をずっと読んできました。どうしても熱が下がらない。実は、親鸞は衆生利益のためと考えていたが、それは自力のはからいであったと反省して、そのような努力をやめようと考えたとき、熱は下がったといいます。五十九歳にして自力を徹底的に捨てる決意をしたのです。これは有名な逸話ですが、この自力を捨てることは、すべての仏教に当てはまることだと思います。すべての仏教は「他力」である。さらにいえば、すべての宗教は「他力」なのではないかと思われます。

宇宙に満ち満ちた大きな力を感じることができれば、人は自分が何ものでもないことに気づき、限りなく謙虚になれます。それと同時に、自分を含めすべての人にその力が満ちていると確信し、自分も他人も平等（同一）であると知り、すべての生類に共感して、慈しみを抱くようになります。

次に「生老病死苦の害悪を考察すること」。仏教でも「生老病死」は四苦とされています。生まれること、老いること、病になること、死ぬこと、これらが四つの苦しみだということです。

ところが老いること、病むこと、死ぬこと、つまり老病死が苦しみなのはわかりますが、生まれることがどうして苦しみなのでしょうか。仏典では、母の胎内から生まれ出るとき非常な苦しみを味わうと説かれています。しかし四苦というのは一つのサイクルとして見るべきでしょう。生まれて、老いて、病気になって、そして死んでいく。このサイクルを永遠に繰り返すこと、すなわち輪廻がたとえようもない苦しみであるというのです。

妻子に愛着しないこと……

妻子や家などに対して執着や愛着のないこと。好ましい、または好ましくない出来事に対し、常に平等な心でいること。（一三・九）

直訳は「妻子に愛着しないこと」といえば、ひどいことをいうと思われるかもしれません。直訳は「くっつかないこと」です。やはり執着しないことです。もちろん妻子を愛するのは当然ですが、それに執着してはいけない。自分の妻子を思うあまり、他の人々に対する思いやりがなくなる。自分の家族さえよければよいと思うのは迷妄です。あるいは、妻子が亡くなったりしたら茫然自失してしまいます。

これはよくいわれることですが、妻とか夫、子供を自分のもち物のように考えるところから、さまざまな家庭の不幸が生じます。子供が夜遊びをして帰ってこない。よその子なら、愚かな子だといって何とも思わないが、自分の子だとつい激しく怒る。子供のほうも親に反抗して、よけいいうことをきかなくなる。大変不幸な争いが起きることもあります。あるいは、子供も自分のようになってほしい、または、せめて子供だけは立派な職についてほしい、などと思って子供に勉強を無理じいする。そんなことからも家庭の不和は生じます。しかし、そんなことは愚かだからやめなさいと達観することは、一般の社会人にはできません。一般の人はどうしても家族のことでおたおたする。それが当然です。ただあまりにも執着しないようにしたほうが結果はよいと思われます。妻や夫や子が自分のものであると考えないようにする、ということがやはり大切です。

次は、家について執着や愛着をもたないこと。ここでは家は所有物の代表としてあげられています。

次は、好ましい出来事、好ましくない出来事に対し、常に平等な心でいること、これは『ギーター』において繰り返し説かれていることです。我々はとかく種々の出来事に一喜一憂しがちですが、何事も至高存在のはからいと知って、すべてを神（または仏）にゆだねることが大切です。世間的に好ましいこと、好ましくないことといっても、至高存在がすべてに満ち満ちていることを如実に知れば、どちらでも同じことだということがわかるようになるでしょう。

あるとき、多くの人々の尊敬を集めている宗教家が、一筋の歓喜の涙を流すのを見ました。また、別のすぐれた宗教家が、家族の死に際して悲嘆にくれたという話を聞いたことがあります。それらの人たちが、宗教家として未熟であったとは考えられません。いくら宗教的に高い境地にあっても、人間である限りは人情があります。むしろ、そのような人情をもたない冷酷な人は人間失格です。うれしいときには皆と一緒に喜び、悲しいときには皆と一緒に悲しむのが温かい心の人です。ただ、うれしいときにも有頂天にならず、悲しいときにもうちひしがれない強い心、平常心を保ちつづけるべきだということでしょう。

自己に関する知識

ひたむきなヨーガによる、私への揺ぎない信愛《バクティ》。人里離れた場所に住むこと。社交を好まぬこと。（一三・一〇）

「ひたむきなヨーガ」とは、クリシュナに知性（ブッディ、根源的思惟機能）を集中することと考えられます（一二・六参照）。そして、最高神たるクリシュナに信愛（バクティ）を捧げること。すなわち、ひたすら信じ愛し、一体になりたいと願うことです。

次に「人里離れた場所に住むこと」ですが、これは前に見ましたように、すでに「ヨーガに登った人」、かなり高い境地に達して寂滅を手段とした人のための教えです（六・三、一〇の解説参照）。

一般の社会人は、このように人里離れた場所に住むことはできません。一般の人にとっては、行為が手段とされます（六・三参照）。まだ行為を完成していない人は、ひたすら自己の義務（ダルマ）を遂行せよ、というのが『ギーター』の教えです。行為を完成して人里離れた場所に住んだ人は、いうまでもなく人と会合することを避けます。ただし社会人でいる間は、人とのつきあいを捨てるわけにはいきません。しかし、社会人としての義務をまっとうして、解脱《げだつ》を求める人は、世間的なつきあいを避けるべきだというのです。

常に自己《アートマン》に関する知識に専念すること。真知の目的を考察すること。以上が「知識」であると言われる。それと反対のことが無知である。（一三・一一）

常に真実の自己であるアートマンに関する知識に専念すること。アートマンを知ることが解脱であるとされます。アートマンに関する知識はまた「真知」と呼ばれます。要するにこの文は、常に解脱を目的として努めるべきだという趣旨です。

以上が「知識」であり、それと反対のことが「無知」であるとされます。

第17章　絶対者と真実の自己

知識の対象

知識について説いてから、次にクリシュナは「知識の対象」を明らかにします。

私は知識の対象を告げよう。それを知れば人が不死（甘露）に達するところの。それは無始なる最高ブラフマンである。それは有とも非有とも言われない。（一三・一二）

ここで「知識の対象」は最高ブラフマンであると説かれております。絶対者ブラフマン、それは真実の自己アートマンにほかならないのですが、そのブラフマンを知ることが解脱《げだつ》であるとされます。ブラフマンは、無限の過去から存在しているので、「無始」です。つまり始まりがないのです。それは通常の意味では、存在するとも存在しないともいうことができません。

それは一切の方角に手足をもち、一切の方角に目と頭と口をもち、一切の方角に耳をもち、世界において一切を覆って存在している。（一三・一三）

「一切の方角に手足をもち」云々という表現は、比喩的な表現です。最高原理を人格化して表現したものです。「一切をおおって存在している」ということが真実です。そのブラフマンはよく虚空にたとえられます。「虚空」の原語は「アーカーシャ」で、大空であるとともにエーテル（霊気）のようなものと見なされます。すべてをおおって、すべてのうちに満ち満ちているということです。

それは万物の外にあり、かつ中にあり、不動であり、かつ動き、微細であるから理解されない。それは遠くにあり、かつ近くにある。（一三・一五）

この最高原理ブラフマンはすべてをおおっていますから、万物の外にあり、またすべてのうちに満ち満ちていますから、万物の中にあります。それは虚空すなわちアーカーシャのように不動であり、また動くものです。アーカーシャは大空であり、不動です。しかし同時にアーカーシャは、五元素の一つであり、霊気のように動くものです。そして霊気のように微細です。それは宇宙のかなたにあるようで、また自分のうちにあります。

それは分割されず、しかも万物の中に分割されたかのように存在する。それは万物を維持し、呑み込み、創造するものであると知らるべきである。（一三・一六）

この最高原理ブラフマンは、宇宙にあまねく満ちているから分割されません。しかし万物の中に入って、分割されたかのように存在します。というのは、この霊妙な気のようなものは、すべてのものに入りこんで、個体に宿るとその個性を帯びるのです。それは万物を維持していますが、時がくると万物を帰滅させ、また創造します。

それは諸々の光明のうちの光明であり、暗黒の彼方にあると言われる。それは知識（真知）であり、知識の対象であり、知識により到達さるべきものである。それはすべてのものの心に存在する。（一三・一七）

絶対者が「光明のうちの光明であり、暗黒の彼方にある」とは、ウパニシャッド文献にある表現です。光明とは知識を意味することばで、すべてを輝かせるものです。そして絶対者ブラフマン、すなわち真実の自己アートマンは、知識そのものであり、知識の対象でもある。そして真実の知識を得たときに到達されるものです。

このブラフマンすなわちアートマンは、すべてのものに満ち満ちています。「心に存在する」というのは、前に述べたように、比喩的な表現です。体すべてに満ちているのですが、仮に「心に存在する」というのです。

最高神としてのクリシュナは、ブラフマンと一体です。彼を信愛する者は、クリシュナが絶対者にほかならないということを真に理解して、クリシュナと一体になれるとも説かれています（上村訳『バガヴァッド・ギーター』一三・一八参照）。

プラクリティとプルシャ

プラクリティ（根本原質）とプルシャ（個我）とは、二つとも無始であると知れ。
諸変異と諸要素とは、プラクリティから生ずるものと知れ。　（一三・一九）

「プラクリティ」は物質的原理で、「プルシャ」は精神的原理です。最高神は、物質的原理と精神的原理の二つからなります。最高神は、その両者を結びつけて宇宙を創造します。そして被造物、例えば人間も、最高神と同じように物質的原理プラクリティと精神的原理プルシャとからなるのです。この場合、プラクリティが身体であって、プルシャが精神であると考えるとわかりやすいと思います。この二つの原理は無始である。すなわち無限の過去から存在しているとされます。

プルシャはプラクリティと結びついて、プラクリティから生ずる（またはプラクリティを構成する）純質、激質、暗質という三つの構成要素（グナ）を享受し、輪廻《りんね》して善悪の胎に生まれます（一三・二一）。

ちなみに、この輪廻の主体は、人間が死ぬとすぐにほかの身体に移るとされます。叙事詩『マハーバーラタ』（三・一八一・二四）に、死んだ人の輪廻の主体は、すぐにほかの肉体をとると説かれています。そして中有《ちゅうう》――死んでから生まれかわるまでの中間の状態――はないと、わざわざ断っています。中有というものは、少なくとも『マハーバーラタ』のこの箇所では認められなかったのです。

さて、身体におけるこのプルシャは、最高の自己（アートマン）とも呼ばれます。このプルシャとプラクリティと、三つの構成要素（グナ）を正しく知れば、もはや再生することはないと説かれています(一三・二二、二三)。

瞑想、理論、行為

ある人々は瞑想(禅定)によって、自ら自己のうちに自己《アートマン》を見る。他の人々は、サーンキヤ(理論)のヨーガによって、また他の人々は行為のヨーガによって見る。(一三・二四)

「瞑想」の原語は「ディヤーナ」で、「禅定」とも訳されます。『ヨーガ・スートラ』(三・一〜三)に、内的な実修法が説かれております。まずダーラナー(凝念)とは、心を一つの場所に結びつけることである、と定義されます。そして「ディヤーナ」とは、その場所において想念(意識作用)が一筋に集中する状態であるとされます。そしてディヤーナがこの上なく深まって、対象のみが輝いている状態がサマーディ(三昧《さんまい》)であるとされます。実際には、ダーラナーとかディヤーナとかサマーディの間の段階はわかりにくい場合が多く、『ヨーガ・スートラ』の定義ほど明確なものではないと思われます。

いずれにせよ、瞑想が深まってくると、深層意識、つまり根源的思惟機能(ブッディ)、心の最も深層の部分が働き、真実の自己アートマンが存在することを確認できるのだと考えられます。

また他の人々は、サーンキヤのヨーガによってアートマンを見るといいます。ここで「サーンキヤのヨーガ」とは、知識のヨーガをさすとされます。すなわち正しい理論的考察により、絶対者についての知識に専心することによって、真実の自己を知るのです。

また他の人々は、行為のヨーガによって真実の自己を見るとされます。すべての行為を絶対者に捧げて、結果を顧みることなく行為に専心すれば、行為を完成し、最高のアートマンすなわち絶対者ブラフマンを知ることができると説きます。

以上、三つの方法が挙げられていますが、『ギーター』全体をよく読めば、この三つが相互に密接に関係しているのだということがおわかりになると思います。

真実の自己アートマン

しかるに、他の人々は、このように知らないで、他者（師など）から聞いて（自己を）念想する。聴聞に専念する彼らもまた、死を超越する。（一三・二五）

「このように知らないで」とは、精神的原理と物質的原理と、そして三つの構成要素（グナ）について、正しく知らないで、ということでしょう。一般の人々は、以上のような理論的なことをなかなか理解できるものではありません。師などからいわれたとおり、絶対者ブラフマン（すなわちアートマン）あるいは最高神たるクリシュナを念想し崇拝すれば解脱《げだつ》すると、ここで説かれています。理屈が苦手な人に対して、わからなかったら尊敬に値する人のことばを信じなさいと勧めているのです。

最高の主は万物の中に等しく存在し、万物が滅びても滅びることはないと見る人、彼は〔真に〕見るのである。（一三・二七）

最高神は霊気（エーテル）のように万物に満ち満ちていて、その意味で万物の中に中心主体として等しく存在します。それが真実の自己アートマンであり、真の生命（ジーヴァ）です。それは万物の肉体が滅びても永遠に存在します。そのように見る人は、真に見る人、絶対者・最高神を真に知った人、それと一体になった人であるとされます。

というのは、主があらゆるものに等しく存在すると見る人は、自ら自己《アートマン》を害する

ことがないから。かくて、彼は最高の帰趨（解脱）に達する。（一三・二八）

最高神が万物にアートマンとして等しく存在すると確信した人は、神の本性そのままであるそのアートマンを、罪ある行為により汚そうとは決して考えません。それどころか、それを浄めて、それが輝き出るように、善行を積みます。そうすれば、その人は最高の帰趨、すなわち解脱を実現すると説いています。

これは前にもふれましたが、仏教の精神そのままです。すべての仏教徒が唱えている、有名な「七仏通戒《しちぶつつうかい》の偈《げ》」の説くところと同じです。

諸々の悪をすることなく
諸々の善を行う。
そして自分の心を浄める。
これが諸仏の教えである。

これを大乗仏教的に解釈しますと、「すべての衆生には仏性《ぶっしょう》があるから、悪をなさず、善を行い、自分の心を浄めよ、というのが諸々の仏の教えである」ということです。「悪いことをするな、善いことをせよ」と説教されれば、当たり前のことであると思いますが、しかしそれが真実の自己、自らにある神性、仏性が輝き出るように努力せよと教えることばであると理解すれば、大乗仏教とヒンドゥー教に共通の基本精神を説く、まさに真理のことばであるということになります。

アートマンは本来清浄です。行為はすべて物質的原理であるプラクリティ(根本原質)の側で行われます。わかりやすくいえば、身体(思考器官をも含む)が行為をするのです。アートマンは、その行為とは何らかかわりがないとされます。いかなる悪行によっても、アートマンは汚されません。

この最高の自己《アートマン》は、無始であるから、要素《グナ》をもたないから、不変であって、身体のうちに存在しても、行為せず、汚されることもない。(一三・三一)

最高神の高次の本性である精神的原理が、個物のうちに入り込んで、アートマンとなっています。それは無限の過去から存在し、純質(サットヴァ)と激質(ラジャス)と暗質(タマス)という三つの構成要素(グナ)からなっていないので、物質的原理のように変化することもなく、行為をすることもなく、したがって行為の結果に汚されることもありません。

遍在する虚空（エーテル）が、微細であるから汚されないように、身体のいたるところに存在する自己《アートマン》も、汚されることがない。（一三・三二）

最高神・絶対者は虚空（エーテル、霊気）にたとえられます（九・六参照）。それは万物にあまねく満ち満ちていて、万物のアートマンとなっていますから、アートマンも虚空にたとえられるのです。アートマンは決して身体の中の一定の場所、例えば心臓などにあるのではありません。身体のいたるところに満ち満ちています。ただ比喩的に、「心の中にある」などと表現されるのです。物質的な粗大なものは汚されますが、純粋に精神的なアートマンは微細であり、霊妙であって、汚されることがありません。それは本来清浄ですが、物質的なものと結びついて曇り、輝き出ないのです。

一つの太陽がこの全世界を照らすように、「土地の主」もすべての「土地」を照らす。アルジュナよ。（一三・三三）

最高神の高次の本性が、個物のアートマンとなっています。その唯一なるものが「土地の主」と呼ばれています。それはすべての「土地」、すなわち万物の身体を太陽のように照らしています。つまりここで「土地」というのは、やさしくいえば万物の身体です。そして最高神の高次の本性、個物のアートマンとなっているもの、それを「土地の主」と呼んでおります。

以上のことを真に知るとき、確信するとき、すなわち全身全霊で体得するとき、その人は最高神・絶対者と一体になるということです。『ギーター』では直接的に表現していませんが、最高神にほかならないアートマンは本来清浄なのだ、ということを真に自覚したとき、最高神と完全に一体となり、最高の悟りが実現するということを暗示しているのではないかと考えます。それが無理な解釈でないことは、本書全体を繰り返し読めば理解していただけると思います。これは大乗仏教の本覚思想にほかなりません。本来悟っているという教えであります。ヒンドゥー教でも、後代にこのような考え方がしだいに強くなってまいります。

第18章　阿修羅的な人々

神的な資質の人

『ギーター』の第十四章と第十五章も重要な箇所ですが、少し面倒な形而上学的な部分ですので省略して、第十六章から読んでまいります。冒頭で賢者クリシュナは、神的な資質の人の特徴を列挙します。

無畏、心性の清浄、知識のヨーガに専念すること、布施、自制、祭祀《さいし》、ヴェーダ学習、苦行、廉直、（一六・一）

このうち「無畏」は恐れないことです。我々は絶えず不幸な出来事を恐れ、不安にさいなまれていますが、神的な人は何ごとも恐れないといわれます。「心性の清浄」は、心が清らかなことです。神的な人は非常に清らかな心をしているというのです。

「知識のヨーガに専念すること」。これは少し問題ですが、真実の自己アートマン、または絶対者ブラフマンの知識に専念することであると考えられます。「布施」の原語はサンスクリット語の「ダーナ」で、意味は「与えること」です。「ダーナ」を「檀那」(「旦那」とも書く)と音写します。つまり「与えること」という意味から、いつのまにか「与える人」という意味になり、さらに、パトロンというような意味になったのです。「布施」のうちでも、ふさわしい受者に贈りものをすることが讃えられます。

次に「苦行」の原語は「タパス」で、「熱」という意味です。「苦行」と一般に訳されますが、必ずしも体を苦しめるような苦行ではありません。種々の修養を積んだ結果、体内に蓄積される力を意味します。そのほかのことばは省略します。

不殺生、真実、怒らぬこと、捨離、寂静、中傷しないこと、生類に対する憐愍、貪欲でないこと、温和、廉恥、落着き、　　　　(一六・二)

前にふれましたように、「不殺生」の原語は「アヒンサー」で、「無傷害」と訳すほうが正確かもしれませんが、他者を害さないことです。次に「真実」の原語は「サティヤ」で、ことばがそのとおりに実現することです。神的な人のことばは必ずそのとおりに実現します。「怒らないこと」。いかなる場合にもこれは大事なことで、怒りはすべてを台なしにします。

それから「捨離」は、惜しみなくすべてを捨てることで、「無所有」とほぼ同じ意味と考えられます。「寂静」の原語は「シャーンティ」といいます。心の平安という意味です。そのほかのことばは大体おわかりになると思います。

神的な資質の人の特徴についてさらに説きます。

威光、忍耐、堅固（充足）、清浄、敵意のないこと、高慢でないこと。以上は神的な資質に生まれた者に属する。（一六・三）

「威光」の原語は「テージャス」で、前に出た「タパス」（「苦行」と訳される）と同じく特別の力を意味しますが、タパスが修行あるいは修養の結果蓄積される功徳の力であるのに対し、テージャスは偉大な人が先天的にもっている、おのずと身体から輝き出るような力であると思われます。ほかのことばは省略します。

以上が神的な人の特徴です。

無神論者たち

次に阿修羅的な資質の人の特徴を挙げています。

偽善、尊大、高慢、怒り、粗暴、無知。以上は阿修羅《アスラ》的な資質に生まれた者に属する。アルジュナよ。（一六・四）

宗教的な行為や慈善的な行為をすると、得てして偽善に陥るものです。また、何か善いことをしたり、立派なことをすると、自分のしたことを自慢したり、あるいは増上慢《ぞうじょうまん》に陥ったりします。それらは阿修羅的な行為と呼ばれます。そして怒り、粗暴、無知も、阿修羅的な人々の特徴です。

神的な資質は解脱《げだつ》をもたらし、一方、阿修羅的な資質は束縛をもたらすといわれます（一六・五）。つまり、普遍的な道徳を守る神的な資質の人は、近い将来に解脱を約束されており、それに対して阿修羅的な資質の人は、輪廻《りんね》に束縛され続けるということです。クリシュナはアルジュナに向かって、「嘆くことはない。あなたは神的な資質に生まれた」と、やがて解脱することを保証します。

初めのほうを読むと、『ギーター』は人を殺してもよいと教えるのか、という疑問が出るのではないかと思いますが、そのような心配は無用であることが、以上の箇所からわかります。やたらに人に危害を加えたりしてはいけないと教えられています。そして、普遍的な道徳を守る神的な人になるべきことを説いているのです。

クリシュナはここで、阿修羅的な人々の行動について詳しく説明します。

彼らはいう。――「世界は不真実であり、根底がなく、主宰神もない。相互関係によって生じないものが別にあるはずはない。だからそれは欲望《カーマ》を原因とする。」彼らはこの見解に依存し、自己を失い、小知であり、非常に残酷な行為をし、有害であり、世界を滅ぼすために出生する。（一六・八、九）

ここで、「相互関係によって生じないものが別にあるはずはない」というのは苦心の解釈です。その他いろいろな解釈が可能です。阿修羅的な人々は無神論者であり、普遍的な真実や絶対者や主宰神（最高神）の存在を認めないで、すべては相互関係によって生ずるという、と解しました。もしこの解釈が正しければ、主宰神などを認めず、「縁起」のみを認める仏教徒を思わせるような説です。「縁起」とは、すべてが原因結果の関係で存在する、あるいは生ずるという説です。仏教徒は縁起だけが存在すると説き、神を認めません。ですから、この説は仏教徒の説に似ているのではないかとも思われます。しかしこの『ギーター』の説では、普遍的真実や絶対者や主宰神は存在しないから、だから「欲望を原因とする」というのです。この点は仏教とはまったく異なっています。

ラーマーヌジャという有名な哲学者は、「相互関係」とは、ここでは特に男女関係をさす、というユニークな注釈をしています。ですから、愛欲を代表とする欲望（カーマ）が世界の原因であると解釈します。

しかし、こういうユニークな解釈のほかにも、「世界は……（中略）……順次に生起したものではない。まさに恣意的に生じたものにほかならない」という解釈も可能です。いずれにしても、彼らは普遍的な価値を認めず、絶対者も最高神も認めないので、真実の自己であるアートマンを如実に知ることができません。そこで彼らはアートマンを汚すことを恐れません。彼らは非常に残酷で有害であり、世界を滅ぼすために生まれてきたといわれます。

けだし、最高神にとって、このような人々も必要悪であるといえるかもしれません。いずれにせよ、世界は帰滅するように定められています。滅しては生じ、存続してまた滅する。この世界は、誕生・存続・帰滅の三つを、永久に繰り返していると考えられます。ですから、この現在の世界は必ず滅します。その世界を滅ぼす悪人も一つの役割を演じているわけで、必要な存在であると考えられるのです。

不正な手段で富を蓄積

阿修羅的な人々の行動について、さらに続けます。

彼らは満たし難い欲望にふけり、偽善と慢心と酔いに満ち、迷妄のために誤った見解に固執し、不浄の信条を抱いて行動する。（一六・一〇）

こういう阿修羅的な人は、金銭欲とか名誉欲とか色欲などにふけって、満足することを知りません。偽善から宗教的な行為や慈善的な行為をし、慢心して、正気を失い、迷妄により正しくないことに固執します。そして清浄でない信条を抱きます。清浄でない信条とは、正しくない信仰生活をすることだと思います。あるいは単に清らかでない生活にふけることかもしれません。

彼らは、限りない、死ぬまで続く思惑にふけり、欲望の享受に没頭し、「これがすべてだ」と確信する。（一六・一一）

このような人々は、死ぬまで絶えず何かについて思い悩みます。どうすれば得をするか、損をしないですむかと、いつもいろいろと考えます。そして物欲、名誉欲、色欲などにふけり、それ以上の価値あるものがわからないで、「これがすべてだ」と信じきって、欲望をひたすら追求します。

彼らは幾百の希望の罠に縛られ、欲望と怒りに没頭し、欲望を享受するために、不正な手段によって富を蓄積しようと望む。（一六・一二）

彼らは欲望を満たすために、いろいろな期待を抱きます。期待がかなえられないことから、怒りが生じます。そして欲望をかなえる手段は結局は金だと思い込み、しまいには不正な手段で富を蓄積しようとします。例えば、汚職をする。あるいは、法律的に罪にならなくても、他人を苦しめるような手段に訴えることになるのです。

成功者たち

私は今日これを得た。私はこの願望を達成するであろう。この財産は私のものだ。この財産もまた私のものとなろう。（一六・一三）

財産の獲得を追求するうちに、当然競争相手ができます。なかなか共存共栄というわけにはいきません。食うか食われるかの戦いになります。

私はあの敵を倒した。他の敵も倒してやろう。私は支配者である。享受者である。私は成功し、有力者で、幸福である。（一六・一四）

こうして次々と競争相手を倒して、財産と権力を手に入れますと、今度は名誉が欲しくなります。

私は富み、高貴な生れである。他の誰が私に匹敵するか。私は祭祀を行おう。布施をしよう。大いに楽しもう。

彼らは無知に迷わされてこのようにいう。（一六・一五）

富裕でしかも上流の出という場合もありましょう。あるいは、成り上がると上流にあこがれ、上流ぶる場合もあります。他の人々に尊敬されたくて、宗教的な行為や慈善事業をする。あるいは文化的な財団をつくって、学者や芸術家などを助成することもあるでしょう。

彼らは様々に心迷い、迷妄の網に覆われ、欲望の享受に執着して、不浄の地獄に堕ちる。（一六・一六）

社会的に成功した人が、実は個人的には非常に不幸な人生を送ったという例はよくあります。しかし、彼らは生きている間、あくまでも欲望を追求します。このような人々は地獄に堕ちるといわれています。

この世間には、邪悪な人が繁栄して、悪人に悩まされる善人が不幸である場合もよくあります。神や仏はどうして悪人を罰しないで、罪もない人を苦しめるのか、と不平をいいたくなる場合もあるでしょう。前にも述べたように、善悪の業《ごう》の結果はすぐに明瞭にあらわれるとは限りません。しかし、はっきりとはわからなくても、じりじりと結果があらわれてくるものです。ここで紹介されたような阿修羅的な人は、必ず現世または来世に地獄に堕ちるのだと、クリシュナはここで保証しているのです。

彼らは自惚れ、頑固で、財産に驕《おご》り酔いしれる。偽善的に、〔正しい〕教令によらず、名前だけの祭祀を行う。（一六・一七）

社会的に成功しますと、多くの人は自惚れて頑固になり、財産に驕り、正気を失います。中には信仰や道徳を説くような人もいますが、それも偽善である場合が多いのではないでしょうか。

ただ気をつけなければいけないのは、富裕な人や権力者で、真に敬虔《けいけん》な人はいないということではありません。クリシュナが神的な資質とするアルジュナも、上流の支配階級に属します。わが国の聖徳太子も、いうまでもなく真に偉大な宗教家でした。仏教の開祖釈尊も上流階級の出身です。そのほか歴史上には、上流階級の出身で優れた宗教家になった人も大勢います。ですから、金持ちや権力者だからいけない、ということではありません。そういう人を蹴落としてまで自分の欲望を追求する「阿修羅的な人」がいけないのです。そういう人が偽善的に慈善事業とか、あるいは宗教的な行為をする、それがいけないと教えています。

救われない人々

阿修羅的な人、つまり悪魔のような人の特徴をさらに列挙しています。

彼らは我執、暴力、尊大さ、欲望、怒りを拠り所とする。妬《ねた》み深い彼らは、自己と他者の身体に宿るこの私を憎んでいる。（一六・一八）

彼ら（阿修羅的な人）は、自己中心的な考えしかできないのです。他人のことを思いやる気持ちが見事に欠落しています。自分の敵、自分のいうことをきかない人には、暴力をふるうことすらあります。常に欲望を追求し、それが妨害されると怒りだします。

彼らは、「自己と他者の身体に宿るこの私を憎んでいる」と説かれています。「この私」すなわち最高神たるクリシュナは、すべてのものに満ち満ちていて、その中心主体となっています。それが真実の自己アートマンです。このアートマンは本来清らかなものですが、阿修羅的な人は、その本来清らかなものを、その悪い行為によって汚しています。ですから「私を憎んでいる」ということになります。第十七章でも、阿修羅的な人々について、「身体の内部に宿るこの私（すなわちクリシュナ）を悩ます人々」であると述べられています（一七・六）。

クリシュナは、そういう阿修羅的な人々が死んだとき、ふたたび阿修羅的なものとして生まれるようにします（一六・一九）。こうして彼らはいつまでも輪廻《りんね》し、生まれるたびに迷いの生活を送ることになり、徐々に最低の状態に向かっていくことになるといいます。

彼らは阿修羅的な胎に入り、生まれるごとに迷妄に陥り、私に達することができず、それから最低の帰趨に赴く。（一六・二〇）

阿修羅的あるいは羅刹《らせつ》的な人々は、前にも言及されました（九・一一、一二）。彼らは、クリシュナが万物の偉大な主であることを知らないで、むなしい願望を抱き、むなしい行為をし、むなしい知識を得て、分別を失っているとされます。

問題は、このような人たちは永久に救われないのかということです。『ギーター』では、いかなるものでもクリシュナを信ずれば救われると説かれていたのに、もしこういう人が救われないならば、『ギーター』の趣旨と矛盾するのではないかという疑問が生じます。

ここでは、彼らは繰り返し阿修羅的な人として生まれ、しだいに低い状態に陥り、ついには最低の帰趨に達するとされます。「最低の帰趨」とは、下等生物の状態をさしたものではないかと思われます。こうなったらもはや救われる余地がありません。ただそうなる前に、人間であるうちに、心を入れかえてクリシュナを信仰すれば、彼らもよい方向に向かうことができるのでしょう。しかし、果たしてそのようなことが可能であるかどうかが問題なのです。

第19章　三つの構成要素（グナ）

純質・激質・暗質

人間を構成する三つの構成要素（グナ）があります。正しい知識をもつ「神的な人」は、そのうちで最も善い性質である純質（サットヴァ）の優勢な人です。それに対し「阿修羅的な人」は、激質（ラジャス）、あるいは暗質（タマス）が優勢な人だといわれます（一四・一〇〜一三参照）。純質から知識が生じ、激質から貪欲が生じ、暗質から怠慢と迷妄と無知が生ずるとされています（一四・一七）。

ところで「純質に依存する者は上方に行き、激質性の者は中間に止まり……暗質性の者は下方に行く」（一四・一八）と説かれていますので、激質の優勢な人はそのまま人間の状態にとどまれるのです。これは世間的に見れば、何か活発に仕事をしている人で、必ずしも悪い人ではありません。我々一般人の考えからいえば、非常に活動的なごく普通の人です。常に向上しようとし、何らかの利益を追求するタイプです。そういう人は、そのまま人間の状態にとどまることができるわけです。

ところがそういう人も、暗質（タマス）の要素が強くなると下方に行くとされます。下方とは、例えば獣などの状態をさすと思われます。そのどん底が下等生物だと考えられたようです。阿修羅的な人はこのように輪廻をするはずです。普通にやっていれば人間に生まれるが、しかし悪いことをしているとだんだん悪いほうに堕ちていくのです。

ここで注意すべきは、そのような人でもわずかながら純質（サットヴァ）の要素をもっているということです。すべてのものは、純質・激質・暗質という三つの構成要素（グナ）から成り立っていますから、その三つのうちの一つの要素がまったくなくなってしまうということはありません。

そこで、もしこの善い性質である純質が少しずつでも増大すれば、その人は中間の状態から上方へ向かうはずです。そういう可能性はいかなる者にも存在するからこそ、このように教えを説いているのです。もし永久に救われないとしたら、どんな立派な教えを説いても無駄になるでしょう。

『ギーター』はここで、「阿修羅的な人」について誇張して表現しています。すべての人は善と悪の二面性をもっています。そこで『ギーター』は、「阿修羅的な行動をしていると、絶対に救われないものになってしまう。最高神を信じて上方に向かわなければ、阿修羅的な人になる」と、人々を教え導いて、善に向かわせようとしていると考えるべきでしょう。

それにしても、一つの宗教の指導者たちにとって、自分の説を信じない人々の存在は厄介なものです。たいがいの場合は、彼らに極悪人のレッテルを貼ってすませます。しかし、あらゆるものが神性（あるいは仏性《ぶっしょう》）をもっているから救われると説く場合は、絶対に救われない極悪人がいるということは矛盾になってしまいます。

その最もよく知られた例が大乗経典の『涅槃経《ねはんぎょう》』などに出てくる一闡提《いっせんだい》（イッチャンティカ）の問題です。仏法を信ぜず、誹謗するこの一闡提が成仏できるかどうかが曖昧で、論争を呼び起こしました。

日本仏教においても、法相宗の人はまったく成仏できないものを認めるというが、天台宗では「一切皆成仏」を説く、つまり一切のものはすべて仏になれると説くわけですから、法相宗の立場に反対する、というような論争がありました。

理念としては、すべてのものが仏になるといいますが、実際に布教活動をする上で、やはり容認できない者たちがいることも事実です。そこで、どうにも救いがたい悪人について説くようになったものでしょう。ここにも、理想と現実の矛盾があらわになっています。しかし我々としては、あくまでも理想を求めるべきだと思います。すべてのものに神性

（あるいは仏性）があると認めるからには、すべての人が解脱《げだつ》できる、救われると考えるのが当然です。

三種の地獄門

ここで『ギーター』にもどります。阿修羅的な人にならないためには、純質（サットヴァ）が増大するようにしなければなりません。それにはどうすればよいかということが次に説かれます。

欲望、怒り、貪欲。これは自己を破滅させる、三種の地獄の門である。それ故、この三つを捨てるべきである。（一六・二一）

ここでも、自己を害するものとして、欲望と怒りと貪欲を挙げています。仏教でいえば、欲望と怒りと迷妄、つまり貪瞋痴《とんじんち》の三毒です。『ギーター』のこの箇所で、「貪欲」と訳した原語は「ローバ」で、「貪り」を意味します。「ローバ」はまた迷妄を意味することもあり、愚かしさを伴う貪りという意味だと思います。一方、仏教の「貪瞋痴」の場合、「貪」の原語は「ラーガ」で、これも「貪欲」と訳せるのですが、「欲望」という意味で用いられていると思われます。『ギーター』のこの「貪欲」と混同しないようにしていただきたいと思います。

欲望と怒りと迷妄（愚かしさ）は、仏教においてもヒンドゥー教においても、三つの害悪あるものとされています。我々は欲望がかなわない場合は怒ります。そして欲望や怒りのいきつく果ては、非常な愚かしさであるということです。

アルジュナよ、この三種の暗黒《タマス》の門から解放された人は、自己《アートマン》にとって最善のことを行い、それから最高の帰趨（解脱）に達する。（一六・二二）

欲望と怒り、そして貪り（愚かしさ）を離れた人は、真実の自己アートマンにとって最善のことをしたことになります。仏教においても、常に貪瞋痴の三毒を離れ、自分の心を磨いて、仏性を輝かせることを教えております。これは仏教でもヒンドゥー教でも共通の教えです。

『ギーター』では、欲望と怒りと貪りを離れると、三要素のうちの純質（サットヴァ）が優勢となって上方にいくとされます。すなわち、解脱《げだつ》という最高の帰趨に達することができると説かれています。

教典の教令を無視し、欲望のままに生活する者は、成就《シッディ》に達しない。幸福にも、最高の帰趨にも達しない。（一六・二三）

ここに、欲望を抑えるためには具体的にどうすればよいかが説かれています。それには教典（シャーストラ）の教えに従う必要があります。「スートラ」が「経典」と訳されるのに対し、ここで用いられる「シャーストラ」という語には、「教え導く、命ずる」というような意味が含まれているので、ここでは「教典」と訳しました。どういうものをさすかといえば、ヴェーダ聖典や法典などです。法典はダルマ（守るべき価値基準、「法」）について説く書です。有名なものに『マヌ法典』などがあります。

ここでは、教典の規定に従う必要があると説かれています。やはり一般の人々の行動の基準になるものは、ヒンドゥー教で認める道徳なのだということがわかります。前に申し上げたように、『ギーター』は決して「何をしてもよい、人を殺してもよい」などと教えてはいません。社会生活においては、良識ある人々が認める道徳に従う必要があると、当然のことを説いています。なすべきこととなすべきでないことを決定する場合、教典が典拠となる。教典の教えを知って、この世で行為をすべきであると説かれています（一六・

二四)。一般の社会人は、ヴェーダ聖典や『マヌ法典』などの法典の教えに従って、なすべき祭式を行い、ヒンドゥー教徒として果たすべき義務を守って生活すべきであると、ここで説かれているのです。

三種の信仰

第十七章の冒頭で、アルジュナはクリシュナに質問します。

信仰をそなえている人々が教典の教令を無視して供養する(祭祀を行う)場合、彼らの依所はいかなるものか。純質《サットヴァ》か、激質《ラジャス》か、暗質《タマス》か。クリシュナよ。(一七・一)

このアルジュナの質問は、第九章で、「教令」によらないで種々の神格を供養する場合が説かれたこと(上村訳『バガヴァッド・ギーター』九・二三〜二五)を念頭においたものです。この質問に対してはクリシュナは、まず人間の信仰形態を、純質・激質・暗質という三要素に応じて三種に分類します。人間はこれらの三つの構成要素からなり、どの要素が優勢かでその人の性質が決まってきます。それに応じて信仰の形態が決まるというのです。

人々の信仰は三種である。それは各自の本性から生ずる。すなわち、純質的、激質的、暗質的な信仰である。それらについて聞け。（一七・二）

すなわち、人々の本性に応じて、信仰にも純質的、激質的、暗質的という三種があると説いています。

アルジュナよ、すべての者の信仰はその心性に対応する。人間というものは信仰よりなる。ある人がある信仰を抱く場合、彼はその〔信仰に対応する〕者に他ならない。（一七・三）

ここで「人間というものは信仰よりなる」と説かれていることは、興味深いものです。自分はつまり、あらゆる人がそれぞれの心性に相応する信仰を抱いているということです。自分は無信仰だという人も、無信仰という信仰ないし信念を抱いています。あるいは、信仰が存在することを前提として、暗に認めて、自分は信仰がないと主張しているのです。そんなことはどちらでもよいと思う人も、何らかの価値を信じていると思われます。主義とか、物とか、お金とか、あるいは異性というような、何らかの価値を信じています。

この場合、「信仰」と訳した原語は「シュラッダー」で、「信頼をおく」という意味ですから、何かを信頼することです。別に神さまを信仰しなくても、何かを信頼すれば「シュラッダー」ということになります。

すべての人が本性に応じた信仰を抱いているということは、逆にいえば、それぞれの人の信仰を見れば、その人の本性がわかることになります。人々はその性質に応じてどのような信仰を抱くのか、ということが次に説かれています。

純質的な人々は神々を供養し、激質的な人々は夜叉《ヤクシャ》や羅刹《ラクシャス》を供養する。他の暗質的な人々は、餓鬼や鬼霊の群を供養する。（一七・四）

「夜叉」は、「ヤクシャ」というサンスクリット語の音写で、樹木などに宿って人をあやめるような鬼神です。「羅刹」は「ラクシャス」または「ラークシャサ」の音写で、人をあやめ、肉を食う凶暴な鬼神です。いずれも供養して満足させると、大きな果報を授けてくれるとされます。

次に「餓鬼」の原語は「プレータ」といい、「逝《い》った者、死んだ者」という意味です。これを漢訳仏典では「餓鬼」と訳しました。ある注釈によれば、規定された義務を行わなかったので、死後に「風の体」となったものと解されています。「風の体」は、輪廻《りんね》しないで霊気のように残存している存在だと思われます。

次に「鬼霊」の原語は「ブータ」で、シャンカラの注釈によりますと、「七母神」をさすといわれています。他の注釈によると、「ルドラ（シヴァ神）の従者」であるとされます。いずれにせよ、これらの鬼神は満足させると多大な恩恵を与えてくれる、と考えられていました。非常に危険な存在が、それをあがめて満足させると、大きな恩恵を授けてくれるとされました。こういう鬼神たちを激質的な人々が供養する、あるいは暗質的な人々が供養するというのです。

クリシュナを悩ます人々

教典に規定されない恐ろしい苦行を行う人々、偽善と我執に満ち、欲望と激情と暴力に満ちた人々、

無思慮で、身体に存する元素の群や、身体の内部に宿るこの私を悩ます人々、彼らを阿修羅的な決意を持つ者と知れ。（一七・五、六）

人間には純質的な人と激質的な人と暗質的な人との三種類があります。それらの人の信仰についてはすでに見ました。ここでは、激質的・暗質的な人々のうちでも最悪の、阿修羅的な人々の信仰形態が説かれています。この文は、人を感心させるために恐ろしい荒行を行う人々を批判したものです。彼らは偽善者で目立ちたがりやです。自己の欲望を遂げようとして激情にかられ、しばしば暴力をふるうこともあります。彼らは自分自身の身体をそこない、身体に中心主体（真実の自己）として宿る最高神を汚して、それを輝き出させるどころか、逆におおい隠してしまうのです。そのことを「この私（クリシュナ）を悩ます人々」と表現しています。

第20章 偏らない道

三種の食物

引き続き、『ギーター』の第十七章を読んでいきます。クリシュナは、すべての者が好む食物、祭祀《さいし》、苦行、布施をも三種類に分類します。

生命力、勇気、力、健康、幸福、喜びを増大させ、美味、油質で、持続性があり、心地よい食物は、純質的な者に好まれる。（一七・八）

「持続性がある」食物について、シャンカラの注釈は、「身体において長時間持続する」となっており、それは「長時間、身体に有益な」という意味だと解されています。

一方、シャンカラと並ぶ大哲学者ラーマーヌジャは、「実質的な効果をもつ」という意味だと解釈します。つまり、消化がよくて身体に持続的な効果を与える、という意味だと思います。

〔過度に〕苦く、酸っぱく、塩辛く、〔口などを〕焼く、刺激性で、油気がなく、ひりひりし、苦痛と憂いと病気をもたらす食物は、激質的な者に好まれる。（一七・九）

ある注釈によると、「苦い」食物は、例えばニンバという木の実だといわれます。この木の実は非常に苦いのです。また「刺激性」は、例えば胡椒などをさし、また「ひりひり」する食物は、例えば芥子《からし》であるといわれています。こうしてみると、現在我々がインド料理と考えているものは、ほとんどが激質的な食物です。すべからく宗教家は、過度に刺激的な食物は避けたほうがよいようです。そういう食物は、一時的には元気づけるかもしれませんが、体に悪い影響を与え、持続的によい効果を与える食物ではありません。

新鮮でなく、味を失い、悪臭あり、前日に調理された、また食べ残しの、不浄の食物は、暗質的な者に好まれる。（一七・一〇）

このような食物を好む人はいないと思いますが、要するに、このような食物は最悪であるということです。こういう食物を決して食べてはいけないと説いています。

三種の祭祀《さいし》

次にクリシュナは、三種の祭祀について説きます。

人々が果報を期待せず、ただ祭祀すべきであるとのみ考えて意《こころ》を統一し、教令に示されたように祭祀を行う場合、それは純質的な祭祀である。（一七・一一）

後に出る「純質的な」ものについてみてもわかるように、「果報を期待せず」というのが、「純質的な」行為の特徴です。果報を期待しないで、自分に定められた義務を遂行するのです。これは行為のヨーガ（カルマ・ヨーガ）を実践する人の姿です。ですから、純質的な人とは行為のヨーガを実践する人のことです。

一方、果報を意図して、偽善のために祭祀を行う場合、それを激質的な祭祀であると知れ。（一七・一二）

偽善のために祭祀を行うのは、阿修羅的な人の特徴でもあります（一六・一七参照）。こういう人は、祭祀を行えば天界に生まれることができる、財産を獲得できる、というような現世利益があると考えます。

次に最低の暗質的な人の祭祀です。

教令に従わず、食物が配分されず、呪句《マントラ》がなく、報酬が払われず、信仰を欠いた祭祀、それを暗質的な祭祀と称する。（一七・一三）

激質的な人とは、前に述べたように、活発に働いている一般の社会人のことです。その激質的な人の行う激質的な祭祀は、まだしも形式だけは整っているのでしょう。暗質的な人の祭祀は、その形式すらも欠いているといわれています。

一般の祭祀の場合は教典（シャーストラ）の規定に従い、参加者たちに食物を配分し、呪句（マントラ、真言）を唱え、祭官たちに報酬を払うものですが、暗質的な人の祭祀には、そういう手続きが欠けています。しかも信仰も欠けているといいます。

三種の苦行

次にクリシュナは、純質的、激質的、暗質的という三種の苦行について説きます。ここで「苦行」は、サンスクリット語「タパス」の訳です。タパスは、「熱」とか「熱力」を意味し、修養を積むことにより我々の身体に蓄積される力のことです。

まず、身体的な苦行について説きます。

神々、バラモン、師匠、知者の崇拝、清浄、廉直《れんちょく》、梵行（禁欲）、不殺生。以上は身体的な苦行《タパス》（功徳）といわれる。（一七・一四）

ここで「苦行」と訳された原語「タパス」は、自分の身体を責めさいなむような苦行をさしてはいません。タパスは一般的には「苦行」と訳されますが、少なくとも『ギーター』では、教典に規定されていないような恐ろしい苦行を行うことは、阿修羅的であるとして奨励されておりません（一七・五参照）。むしろ、ここで挙げられたような、穏やかでいわば常識的な功徳を積むことが、真のタパスであるとされます。

次に言語的な苦行について説きます。

不安を起こさせない、真実で、好ましい有益な言葉、及び、ヴェーダ学習（読誦）の常修。以上は言語的な苦行と言われる。（一七・一五）

我々は平生、人に不安を起こさせないような、必ず実現される好ましいことばを語らなければなりません。そしてヴェーダ聖典を常に読誦する。仏教徒なら、毎日のようにお経を読むことです。そうすれば言語的な苦行を積むことになると説かれています。

次に心的な苦行について説きます。

意《こころ》の平安、温和、沈黙、自己抑制、心の清浄。以上は心的な苦行と言われる。（一七・一六）

我々は常に心を平静に保ち、あるゆる人に友情をもってやさしく接し、ことば少なく、駄弁を弄さず（あるいは宗教的目的のために沈黙の行を守り）、自己を抑制し、心を清らかに保つべきである。そうすれば心的な苦行を積んだことになると説かれています。

ここで説かれていることは、非常に穏和で常識的な功徳のようですが、これらを真に実践することは、実は容易ではありません。我々の場合でしたら、神仏を崇拝し、先生など敬うべき人々を敬い、人を害することなく清らかな生活をする。そして人を不安にしない、好ましい有益なことばを語り、朝夕に読経する。こうして平静さを保ち、穏和であって、心を清らかにする。なかなかむずかしいかもしれませんが、とにかく絶えずこの理想に向かって努力する。日々実践すれば、お香が衣服などにしみこむように、それらの善行の功徳が身についてくると考えられます。まさに「戒香熏修《かいこうくんじゅう》」であります。正しい生活習慣（戒）を積み重ねると、ちょうどお香が身体にしみつくように、それが身についてくるということです。

次に、このような苦行（功徳）を、三種の構成要素（グナ）によって分類します。

人々が果報を期待せず、専心して、最高の信仰をもって、三種の苦行を行った場合、それを純質的な苦行と称する。（一七・一七）

この場合もやはり、果報を期待しないところに純質的な行為の特徴があります。「最高の信仰」とは何に対する信仰でしょうか。ラーマーヌジャは、最高のプルシャ、つまり最高神に対する信仰であるといいます。『ギーター』の考え方によれば、苦行のような宗教的行為も、最高神に対する捧げものとして行うべきだということになります。

接待、尊敬、崇拝を得るために、偽善により行われる苦行は、動揺し不確実であり、この世で、激質的な苦行と呼ばれる。（一七・一八）

このような苦行が多いと思います。人々を感心させるために功徳を積むような場合です。どのように困難な行をしたところで、行をする人が世間的な見返りを期待したり、増上慢《ぞうじょうまん》に陥っていたりしては、自他に害をもたらすばかりです。行を積めば積むほど謙虚にならなければいけません。そうでなければ、行をする必要はまったくないのです。何にせよ、一つのことに打ちこんだ人は高慢になりがちです。それだけに自信があるわけです。しかし宗教家の場合は、高慢になることは自殺行為です。

迷える見解に固執し、自己を苦しめたり他者を滅ぼすために行われる苦行は、暗質的な苦行と呼ばれる。（一七・一九）

現代のインドの行者の中にも、ほとんど見世物のような苦行をして、撮影させたりする人もいます。そのような苦行は激質的ともいえますし、暗質的ともいえます。暗質的なものの特徴は、迷える見解、正しくない価値観に固執することです。狂信的になり、マゾヒスティックな苦行をする人の場合がそうです。荒行は派手で人に注目されますが、『ギーター』ではそのような苦行は最悪とされるのです。あるいは、誰かを破滅させる目的で行う苦行も、最悪の暗質的な苦行です。

釈尊も一時期、激しい苦行をしましたが、やがてその無益なことを悟り、苦行を捨てます。仏教では「苦楽の中道」ということをいい、苦にも楽にも偏らない道を歩めと教えています。

以上見ましたように、『ギーター』では極端な苦行（タパス）はまったく評価されず、良識的でつりあいのとれた苦行——苦行というよりむしろ修養——を積むことを勧めています。

三種の布施

次にクリシュナは、三種の布施（贈与）について説きます。

与えらるべきだと考えて、見返りが期待できぬ相手に、場所と時間と受者が適切な場合に与えられる布施は、純質的な布施と伝えられる。（一七・二〇）

ここでも、結果のことを考えずに布施する行為が讃えられます。これを与えれば何か見返りがある、などと期待して布施をすべきではありません。布施を受けた相手が何も感謝しなくても、恩をあだで返すようなことをしても、気にかけてはなりません。

我々は人に何かよいことをしたとき、相手がそれを評価してくれないと不満に思います。いわんや、世話をしてあげた相手が自分に反抗したりすれば、恩をあだで返されたとか、飼い犬に手をかまれたなどといってがっかりするか、相手に対して激しい怒りをおぼえます。しかも、世間において、そのようなことはよくある話なのです。なぜでしょうか。

相手に何かよいことをしてやったと思うと、知らず知らずのうちに、または口に出していわないまでも、相手に対して優越感を抱くものです。相手のほうは、恩を受けたという引け目をいつも感じていて、何かにつけて「恩人」の言動が恩きせがましく思われます。そのストレスが積み重なって、何かの機会に突然爆発するのです。よいことをしてやったと思っている人のほうは、裏切られたと、非常なショックを受けるものです。

何か人によいことをする場合は、かえって注意する必要があります。自己満足に陥らないようにしなければなりません。自分としてはどうしても与えなければならない、と思って布施をすることが大事です。そして、相手に受けていただくわけですから、ありがたいことと思うだけで、自慢する余地はまったくありません。

飢えに苦しむ人がいる。こちらに十分な食物があるときは差し上げる。それは当然です。こちらに自分の分だけしかないときはどうするか。その場になってみなければ、何ともいえないかもしれません。また、ほかの人にどうせよと強制することもできません。ただ、自分の才覚で得たものは自分で食べて当然だというような、思い上がった態度はつつしまなければなりません。

次に、布施を受ける人が適切かどうかということが、非常に難しい問題です。困っている国に金品を贈っても、支配者たちが自分のふところを肥やしている場合もあるようです。しかも援助物資が適切に使われているかどうか、その行方をたどることは容易ではありません。ただ、布施する側としては、できるだけのことをするということでしょう。

仏教やヒンドゥー教の文献に出てくる求道者たちは惜しみなく与えます。王位や領土をはじめ、すべての所有物を布施した王様の物語、またシビ王という有名な王様のように、自分の両眼あるいは身体全体を、他者のために惜しみなく布施したという物語もあります。

一方、見返りを望んで、または果報を意図して、渋々与えられる布施は、激質的な布施と伝えられる。（一七・二二）

贈りものをする場合、このケースがいちばん多いと思います。直接的な見返りがない場合でも、何か世話になった人とか、あるいは世話になりそうな人に贈りものをする。あるいは世間的なつきあいから金品を贈る。物質的なものに限らず精神的な場合もありますが、人とのつきあいも間接的に何かの見返りを期待していることが多いのです。

不適切な場所と時間において、不適切な受者に対し、敬意を表さず、軽蔑して与えられる布施は、暗質的な布施と言われる。（一七・二二）

布施を与えるべきでない相手に与える。しかも相手を軽蔑して、くれてやるというさげすみの気持ちをもって与える、それが最低の布施であるとされます。

例えばある国を資金的に援助するようなとき、結果としてその国の支配者層や日本の企業が潤うことになる。そのような場合は、まさに不適切な最低の布施です。さらに、その国の人々をもの乞いのようにばかにしたりすれば、それは最低の布施です。

第十七章の最後で信仰の重要性が説かれています。祭祀《さいし》、布施、苦行などは、当時のヒンドゥー教社会において、一般に善行であるとされていました。しかし、信仰なしにそれらの行為をしても、真の意味で善とはいえないと説かれています。ここで信仰とは、正しい信仰、絶対者すなわち最高神であるクリシュナに対する信仰をさします。あらゆるときに至高存在を念じて、すべての行為を至高存在に対する捧げものとして行うことです。布施など、一般に善行とされる行為も、正しい信仰なしに行われたら、真の成果すなわち解《げ》脱《だつ》を実現することができないというのです。

第21章　行為の超越

放擲《ほうてき》と捨離《しゃり》

いよいよ最後の第十八章に入ります。この章の冒頭で、アルジュナはクリシュナに、「放擲《ほうてき》と捨離《しゃり》との真実を知りたい」と尋ねます。一般に「放擲」(サンニヤーサ)も「捨離」(ティヤーガ)も、いずれも「捨てる」という意味に理解されます。

アルジュナの問いに対しクリシュナは、まず「放擲」と「捨離」についての諸説を挙げます。それからクリシュナは、一般に善行とされる祭祀《さいし》と布施と苦行という三つの行為は、人を浄化するものであるから、捨てられるべきではないと述べてから、次のように結論します。

しかし、それらの行為は、執着と結果とを捨てて行われるべきである。アルジュナよ、これが私の最高の結論である。（一八・六）

執着することなく、そして果報を期待しないでこれらの行為を行うこと、つまり前の第十七章で説いた純質的な祭祀と布施と苦行を賛美しております（一七・一一、一七、二〇参照）。そして行為を行うときに、執着と結果を捨てることこそ、クリシュナの説く「放擲」であり「捨離」であるというのです。

この二つのことばの原語は異なりますが、クリシュナはここで、「放擲」（サンニヤーサ）と「捨離」（ティヤーガ）とを同義語として用いております。

そしてクリシュナは、定められた行為を迷妄によって放擲することは、暗質的な捨離であるといいます。社会人としてなすべき義務を捨てることは、最低の捨離であるというのです。これに対して、最高の捨離は純質的な捨離です。

アルジュナよ、なすべきであると考えて、定められた行為を、執着と結果とを捨てて行う場合、それは純質的《サットヴァ》な捨離であると考えられる。（一八・九）

クリシュナのいう「捨離」や「放擲」は、決して一般に考えられているような行為の放棄ではなくて、なすべき行為を、執着と結果を捨てて実行することである、ということがよくわかります。それこそ純質的な最高の捨離であり放擲であります。真に執着を捨てて、結果を考慮することをやめた叡知ある行為者、つまり真の捨離者は、もはや迷うことはありません。彼にとっては、望ましい行為も望ましくない行為も同じことだとされます。

実に身体をもつ者は、行為を残らず捨てることはできない。だが、行為の結果を捨てた人は、捨離者と呼ばれる。（一八・一一）

「捨離」または「放擲」が、決して行為を捨てることではないとするのは、身体をもつ者が行為をすべて捨てることは不可能だと考えるからです。社会的な活動をやめて山や森に入っても、完全な捨離者（ティヤーギン）、放擲者（サンニヤーシン）になれるとは限りません。むしろクリシュナは、社会的な義務をまっとうせよと勧めます。ただし、行為の結果のことを考えるのをやめなさい、といっているのです。行為の結果に対する執着を完全に離れた人が真の「捨離者」であると、ここではっきり説いています。

捨離（放擲）しない人々の場合、行為の結果は死後に存続して影響力をもちます。しかし、行為の結果を捨てた人は、つまり結果に執着しない人（「放擲者」あるいは「捨離者」）の場合は、行為は結果を残さないといいます（一八・一二）。

三種の知識、行為、行為者

クリシュナは、ここで、知識、行為、行為者についても、純質（サットヴァ）と激質（ラジャス）と暗質（タマス）という三つの構成要素（グナ）の区別に応じて三種に分類します。まず、それらのうち、純質的な知識について次のように説きます。

人がその知識により、万物の中に唯一不変の状態を認め、区別されたものの中に区別されないものを認める時、それを純質的な知識と知れ。（一八・二〇）

万物の中にある唯一不変のものとは、絶対者ブラフマンであり、最高神です。それは個物として別々にあらわれ出ていますが、実は区別されない唯一の実在です。その至高存在を完全に知ることのできる知識が、純質的な知識であるとされます。

それに対して、万物の各種各様の状態を別個のものとのみ考える知識は、激質的な知識といわれます。また、ある対象にそれがすべてであるかのように考えて執着する知識は、暗質的な知識と呼ばれます。

次に行為についても三種に分類します。

人が果報を期待せず、執着を離れ、愛憎なく定められた行為をなす時、それは純質的な行為と言われる。（一八・二三）

ここでも、純質的なものの特徴は、果報を期待せず、執着なく、好き嫌いなく、なすべきことを実行することです。果報を期待せずに行為することこそ、クリシュナの説く放擲《ほうてき》（サンニャーサ）にほかなりません。

この純質的な行為に対して、欲望や我執を抱く者が非常に苦労して行為をする場合が、激質的な行為とされます。我々一般の社会人の多くがこの激質的な行為をしていると考えられます。

次に暗質的な行為は、帰結や損失を無視し、あるいはどういう害を人に与えるか考慮せず、あるいは自分の能力を無視して、迷妄によって企てられた行為であるとされます。前に結果を顧みるなといいながら、ここで帰結や損失を無視して行うのが悪いというのは矛盾のようですが、この場合は、当然不幸な結果になるに決まっているような愚かな行為をする場合です。しかも迷妄すなわち愚かしさによって行うというところに、暗質的なものの特徴があります。

次にクリシュナは、行為者の種類を挙げます。まず、最高の純質的な行為者について、次のように述べます。

執着を離れ、自己を誇らず、堅固さと気力をそなえ、成功不成功に動じない者は、純質的な行為者と言われる。（一八・二六）

非常に簡潔な文章ですが、実行することは非常に難しいと思います。まず、あらゆる執着を離れること。何ものにもとらわれないこと。特に結果のことを考えないこと。何とかしてそういう境地に達したとしても、自慢をしては何にもなりません。絶えずみずから慢心を戒めることです。しかも、堅固な意志と気力をもって行動すること。結果的に成功しようと不成功に終わろうと、動じることはありません。このような境地で行動する者が、純質的な行為者です。

次に激質的な行為者は、「激情的で、行為の結果を求め、貪欲で、加害を性とし、清浄でなく、喜悦と悲しみに満ちた者」であるとされます。

小説や映画の主人公に、よくこのような人物がいます。有名なフランスの作家スタンダールの小説『赤と黒』の主人公であるジュリアン・ソレルなどは、このタイプの代表です。

次に暗質的な行為者は、仕事に無能であり、凡庸であり、しかも頑固で狡猾で、正直でなく、怠惰で、嘆いてばかりいる。そしてだらだらと仕事を引き延ばし、なかなかやらないような人です。このような人が、最低の暗質的な行為者であるとされます。

三種の知性と幸福

続いてクリシュナは、知性（ブッディ）を三種類に分類します。まず純質的な知性について、次のように述べます。

活動とその停止、行うべきことと行うべきでないこと、危険と安全、束縛と解脱を知る知性は、純質的な知性である。（一八・三〇）

何を行うべきであるか、行うべきでないか、何が危険で何が安全であるか、何が束縛であり、それから解脱しなければならないのか、そういうことを正しく判断するものが純質的な知性であるとされます。

それに対して、激質的な知性とは、何が正しい価値（ダルマ）であるか、悪い価値であるか、何を行うべきか、行うべきでないか、適切に理解することのできないものであるとされています。

また暗質的な知性とは、闇におおわれた知性、悪い価値を正しい価値と思い、すべてのものごとをさかさまに考えるものといわれます。

それからその少し後で、クリシュナは三種の幸福について語ります。まず純質的な幸福について、次のように述べます。

最初は毒のようで結末は甘露のような幸福、自己《アートマン》認識の清澄さから生ずる幸福、それは純質的な幸福と言われる。（一八・三七）

真実の自己アートマンを全身全霊で知るとき、澄みきった境地になり、苦しみは完全になくなります。それは最初は毒のようで、結末は甘露のような幸福であるとされます。最初は毒のようであるとは、比喩的な表現です。この場合、世間一般で幸せと考えられているようなことを捨てるのですから、一見少しも楽しそうではありません。だから毒のようだといわれるのです。

これに対して、激質的な幸福とは、感覚器官とその対象との結合から生じ、最初は甘露のようで、結末は毒のような幸福であるといわれています。前の純質的な幸福とまさに反対です。目や鼻などの感覚器官が、世間的に快いとされる対象に喜ぶ、それは最初は甘露のように見えます。こよなく楽しいもののように思われます。しかし最後には、毒のような不幸な結果をもたらすものです。これが激質的な幸福とされます。

次に暗質的な幸福とは、最初の段階も、結末においても、自己を迷わせる幸福、睡眠と怠惰と怠慢から生ずる幸福であるといわれます。これが最低の幸福とされています。要するに根っからの怠け者が、何もしないで、眠ることを最上の幸福と考えているような場合だと思われます。

『ギーター』とカースト制度

ところで、古代インド社会の構成員は、バラモン（聖職者）、クシャトリヤ（王族、士族）、ヴァイシャ（実業者——農業・牧畜業・商業を営む人）、シュードラ（上位三階級に仕える人々）という四つの階級（四姓）に分類されます。それらの職分も、それぞれの本性に応じて規定されています（一八・四二〜四四）。

『ギーター』も、社会人は四つの階級に応じて定められた、それぞれの務めを果たすべきだと考えて、各自の仕事にいそしむ人は行為を完成することができる、と述べています（一八・四五）。

そして次に、自己の行為にいそしむ人が、行為の超越を成就する方法を説きます。

彼から万物の活動があり、彼によってこの全世界が遍《あまね》く満たされている者、彼を自己の行為により崇拝して、人は成就を見出す。　（一八・四六）

万物は最高神（絶対者）を本源として活動をしています。最高神はまた宇宙全体をあまねく満たしています。すべての行為の本源である最高神を、自己の行為により崇拝する。すなわちすべての行為を最高神に対する捧げものとする。すべての行為を祭祀《さいし》として行うということです。これが「祭祀のための行為」であり、クリシュナの説く「行為の放擲《ほうてき》」（サンニヤーサ）の意味です。すべての行為を最高神に捧げれば、人は「成就」、すなわち行為の超越を実現することができると、ここで説かれているのです。

『ギーター』は、各自の義務（ダルマ）を遂行するように勧めます。そして、本性により定められた行為をすれば、人は罪に至ることはないと説きます（一八・四七）。

それでは、『ギーター』はあの悪名高いインドのカースト制度を認めるのか、と疑問に思う人もいるかと思います。確かに今日の我々から見れば、それは『ギーター』の限界といえるかもしれません。しかし、ヒンドゥー教の代表的な聖典である『ギーター』が、ヒンドゥー教が奨励する社会の枠組みを守れと説くのは、いたしかたないことでしょう。

我々現代の日本人としては、何が自分の義務であるかということを各々が考えればよいと思います。だれにでも、ほかの人から見ればたいした仕事ではないように見えても、自分のできる範囲でやりたいことがあると思います。それは非常にささやかであっても、自分にしかできないことかもしれません。それこそ、自分に定められた仕事と考えてよいと思います。ひたすらそれを遂行することが大切です。

古代インドのようにカーストの枠組みが厳格な社会では、下位のカーストに生まれ、当時「卑しい」と見られた仕事をやらなければならない人々がいました。またアルジュナのような戦士は、戦場で敵を殺さなければなりません。『ギーター』はすべての人に向けて、自分に定められた仕事を捨てるべきでないと説きます。そして、たとい社会的に高級と見られていた仕事でも、「すべての企ては欠陥に覆われているのだ」とされます（一八・四八）。つきつめれば、すべての行為は罪悪を伴うということです。しかも社会人は、各自の仕事をやらなければなりません。

それでは、行為をして、しかも罪を免れるには、どうしたらよいでしょうか。『ギーター』は次のように結論します。

何ものにも執着しない知性をもち、自己を克服し、願望を離れた人は、放擲《ほうてき》により、行為の超越の、最高の成就に達する。（一八・四九）

何ものにも執着しない。しかも心の最も深層の部分で執着しない。自己を完全に制御し、すべての願望を離れた人は、放擲（サンニヤーサ）により、すなわち行為を至高存在に捧げることにより、行為を超越するという目的を成就することができると、ここで説かれています。これこそ、社会人が救われる道であると『ギーター』は主張します。クリシュナはアルジュナに、まさにこの道をとれと勧めているのです。

戦いの結果にとらわれるな。あらゆるものに対する願望を捨てよ。口でいうのはやさしいことですが、実際に執着を捨てるのは大変なことです。そのためには放擲すること、すなわち、すべての行為を最高神に対する捧げものとすることが必要です。そうすれば、戦って敵を殺しても罪にならない、とクリシュナは主張します。もちろん社会的に悪いことをしてはいけません。そして社会的に認められた義務を行わなければなりません。戦士であるアルジュナは、戦って敵を殺しても罪になりません。しかしその場合、すべて我執なく戦う、結果を無視して戦うことが必要です。これこそが「行為の超越」であり、それが「行為のヨーガ」の完成ということになります。

第22章　最高神との合一

「行為の超越」に続いて、次に行為の超越を成就した人が絶対者ブラフマンに達する方法を説きます。つまり、この後で説かれることは、社会人として行為をまっとうした人、行為の超越を実現した人のための教えである、ということに注意してください。

行為の超越を実現した人

さて、行為の超越を実現した人はどうするかということが、次のように説かれています。

人里離れた場所に住み、節食し、言葉と身体と意《こころ》を制御し、常に瞑想のヨーガに専念し、離欲を拠り所にし、

我執、暴力、尊大さ、欲望、怒り、所有を捨て、「私のもの」という思いなく、寂静に達した人は、ブラフマンと一体化することができる。　（一八・五二、五三）

人里離れたところに住む。これは一般の社会人には不可能ですが、すでに行為を超越した人のための教えですから、こう説かれているのです。そして食事を制限し、ことばと身体と意（思考器官）を制御する。それから、常に「瞑想のヨーガ」（ディヤーナ・ヨーガ）に専念する。「瞑想のヨーガ」とは、ヨーガという絶対の境地をめざす瞑想の実修のことをさすと思います。あるいは、『ギーター』のほかの箇所を参照しますと、「知性のヨーガ」に対応するとも考えられます。すなわち至高存在に知性（ブッディ、心の深層部分の働き）を集中することが、「瞑想のヨーガ」であると考えることもできます。この段階の人は、我執、暴力、尊大さ、欲望、怒りを捨てています。すべての所有を捨て、「私のもの」というような思いがなくなり、寂静に達した人は、絶対者ブラフマンと一体になることができると説かれています。

ブラフマンと一体になり、その自己《アートマン》が平安になった人は、悲しまず、期待することもない。彼は万物に対し平等であり、私への最高の信愛《バクティ》を得る。（一八・五四）

ブラフマンと一体になって、その真実の自己（アートマン）が平安になる。あるいはすっかり清らかになる。そのような人は、もはや何ごとにも悲しまず、また何かを期待することもありません。彼は万物に対して平等です。すなわち、平等の境地たるヨーガを完成したといえます。そして、最高神クリシュナに対する最高の信愛すなわちバクティを得るといいます。このバクティは通常のバクティではなくて、最高のバクティです。哲学者ラーマーヌジャの代表的な著書(『ヴェーダールタ・サングラハ』)によれば、それは特別の歓び(愛)であり、特別の知識であるとされています。そのラーマーヌジャの説は、『ギーター』の次の文に適応します。

信愛により彼は真に私を知る。私がいかに広大であるか、私が何者であるかを。かくて真に私を知って、その直後に彼は私に入る。(一八・五五)

つまり、人は信愛(バクティ)によって真にクリシュナの本性を知ります。すなわち、真実の知識を得ます。最高の信愛は真実の知識に通じるわけです。そして、クリシュナについて真実に知ったとき、その人はクリシュナに入るといいます。すなわち合一するということです。

以上は一連の段階をさすと理解すべきではありません。ブラフマンと一体化して、平等の境地たるヨーガを完成した人には、クリシュナに対する最高の信愛が生じ、同時に真実の知識が生じ、その瞬間に彼はクリシュナと一体化するということです。あるいは、すでに一体であると確信することであるとも解せます。「直後に」と訳しましたが、原語は「間をおかずに」という意味です。

この箇所から、最高の信愛（バクティ）は最高の知識であり、最高神と一体になることであるということがよくわかります。「行為のヨーガ」（カルマ・ヨーガ）を完成し、行為を超越するためには、最高神に対する正しい知識と信愛が必要ですが、行為の超越を成就して、寂滅によりどころを求め、ブラフマンと一体になったとき、すなわちヨーガを完成したとき、最高の信愛および真実の知識を得て、最高神と一体になるということです。あるいは、自分が最高神と一体であると確信することである、とも解せるでしょう。行為、知識、信愛が、すべてヨーガという絶対の境地につながるわけで、「行為のヨーガ」、「知識のヨーガ」、「信愛のヨーガ」は、別々のものではないということになります。

主は万物の心の中にある

ところで、一般の社会人がなすべき行為をしながらヨーガという絶対の境地に達するには、どうすればよいのでしょうか。『ギーター』には、クリシュナによるべを求めれば、常に一切の行為をしつつも、永遠で不変の境地に達することができると説かれています

心によりすべての行為を私のうちに放擲し、私に専念して、知性《ブッディ》のヨーガに依存し、常に私に心を向ける者であれ。（一八・五七）

（一八・五六）。そして、

クリシュナに帰依し、すべての行為をクリシュナに捧げる。クリシュナに専念し、知性のヨーガによりどころを求める。知性（ブッディ、根源的思惟機能）つまり心の最も深層の部分の働きをクリシュナに結びつける。そして常にクリシュナに心を向けよと教えております。

社会人が自己の仕事を行いながら救済される道はただ一つです。常にクリシュナに心を向けていることです。そうすれば、その人はクリシュナの恩寵により、すべての苦難を越えるといわれます（一八・五八）。

ちょうど、「観音経」に、一心に観世音菩薩の名《みな》を称えれば、ありとあらゆる苦悩から救われる、と説かれているのと同じです。そのような高い存在がいちいち我々の幸不幸にかかわりあうはずがないと思われるかもしれませんが、主は我々一人一人のうちに霊妙なあり方で入りこんでいます。常にそのことを確信して、自己が神であり、仏であると真に知れば、必ずや身体中に神仏の強い力がみなぎってくると考えられます。

そして、すべての行為の果報を最高神である主に捧げることです。自らは、苦楽などを平等のものと見る境地に達することができます。

アルジュナが、我執により、「私は戦わない」と考えても、その決意はむなしいとクリシュナはいいます。戦士としての本性がアルジュナを駆り立てます。アルジュナは本性から生ずる自己の行為にしばられているというのです。迷妄のために、自己のなすべきことを行おうと望まなくても、いやおうなくそれを行わなければならない、とクリシュナは説きます。

主は万物の心の中にある。その幻力《マーヤー》により万物を、からくりに乗せられたもののように回転させつつ。(一八・六一)

前に「心の中にある」というのは比喩的な表現だといいました(九・五の解説参照)。最高神は虚空(アーカーシャ「霊気」)のようにすべてをおおい、万物に浸透して支配しています。最高神は高次の本性(精神的原理)と低次の本性(物質的原理)という二つの本性をもっています。そして低次の本性がプラクリティ(根本原質)と呼ばれますが、それの働きがマーヤーです。すべての現象世界を創り出す力であると考えられます。主はそのマーヤーにより、万物を創造し、維持し、帰滅させます。

『マヌ法典』(一二・一二四)にも、至高のプルシャ(すなわちアートマン)について、「その者は……一切の生物に遍《つ》く満ち、常に、車輪のように、誕生、成長、死滅によって、万物を回転させる」(渡瀬信之氏の訳にもとづく)と述べられております。

ちなみに『マヌ法典』には、「アートマン(真実の自己)のみが一切の神々である」と説かれています(一二・一一九)。そして、「一切をアートマンの中に見る者は、心を正しくないこと(非法)に向けない」とも説かれています(一二・一一八)。

『ギーター』と『マヌ法典』のその部分との、どちらが先にできたかは確かではありませんが、紀元後一世紀前後には、自己のうちに至高存在がある、さらにはそこに、神々をはじめとする一切が存するという考え方があったということがわかります。このような考え方が、やがて大乗仏教に取り入れられることになり、日本の天台宗における本覚思想につながると考えられます。そこにも、自己がすなわち真如であって、一切の仏菩薩も自己のうちにあるという考え方があります。具体的な例を挙げますと、例えば本覚思想を説く非常に有名な『本覚讃』の中に、「三十七尊住心城」という文があります。また、源信の作と伝えられる『真如観』の中に次のような文があります。

悟《さと》れば十方法界の諸仏、一切の菩薩も皆《みな》我が身の中《うち》にまします。我が身を離れて外《ほか》に別の仏を求めむは、我が身則《すなわ》ち真如なりと知らざる時の事《こと》なり。(『真如観』一)

このように、自分がすなわち真如である、仏であると知ることが悟りであるとすることは、まさにヒンドゥー教の、自分が絶対者にほかならない、最高神にほかならないと知ることが真の知識であるという考えとパラレルです。『真如観』(八)ではまた、「我れ則《すなわ》ち真如なりと知りしかば、我等《われら》一切衆生皆《みな》一つの真如の理《り》なれば、仏も我も皆《みな》一体無二なり」と説かれています。

最高神の恩寵

ここでまた『ギーター』(一八・六一)にもどります。一般の人々は自分の自由意志で行動していると考えているが、彼らが自分だと思っているものは真実の自己ではない。そのようなことをこの詩節は示唆していると考えられます。個々の存在を支配する真実の自己はアートマンで、実は最高神にほかならない、ということです。

しかしこの『ギーター』の文は、特に人間には自由意志がないということを強調したものではありません。むしろ、人間の真実の自己は最高神にほかならないということが主旨です。すべての人は至高存在にほかならないから、それを悟れば永遠の自由を実現できる、ということを示唆していると考えられます。

全身全霊で彼にのみ庇護を求めよ。アルジュナよ。彼の恩寵により、あなたは最高の寂静、永遠の境地に達するであろう。（一八・六二）

ありとあらゆるとき、ひたすら最高神によるべを求めれば、主の恩寵により、最高の寂静、永遠の境地に達する、すなわち完全に解脱《げだつ》することができると説いております。クリシュナはさらに、すべての「秘密のうちで究極の秘密」をアルジュナに語ります。

私に意《こころ》を向け、私を信愛せよ。私を供養し、私を礼拝せよ。あなたはまさに私に至るであろう。私は必ずそうなると約束する。あなたは私にとって愛しいから。（一八・六五）

ここでもクリシュナに意（思考器官）を向け、彼を信愛し、供養して礼拝すれば、クリシュナに至ることができると述べられています（九・三四参照）。そしてまた、「必ずそうなると約束する」と、クリシュナ自身が確約してくれています。

その次に、クリシュナはまた注目すべきことを述べます。

一切の義務《ダルマ》を放棄して、ただ私のみに庇護を求めよ。私はあなたを、すべての罪悪から解放するであろう。嘆くことはない。（一八・六六）

前に自己の義務（ダルマ）を遂行せよといいながら、ここではなぜ一切の義務を放棄せよといっているのか、それが疑問です。ここで「ダルマ」とは、『ギーター』で説かれる教え以外の、他の宗教などの教えともとれないこともありません。しかし、ここでまた『ギーター』で説く「放擲《ほうてき》」、または「捨離《しゃり》」は、通常の意味とは異なるということを思い出すべきです。

これは、「たとえ自己の義務を行う場合でも、それに執着せず、行為の結果を最高神に捧げて」という意味であると理解するのがよいのではないかと思います。すべての行為を最高神たるクリシュナに捧げる。だから彼にのみよるべを求める。そうすれば、クリシュナは我々をすべての罪悪から解放してくれる、と保証しているのです。

クリシュナは最後に、修養を積まぬ者、信愛（バクティ）のない者、反抗的な者、クリシュナに不満を抱く者には、決してこの教えを告げてはいけないといいます。聞く資格のない者に秘密の教えを説くことは不適切なのです。そのような人は、教えを理解して信じるどころか、まったく聞く耳をもたず、冷笑したり危害を加えたりするものです。

クリシュナに最高の信愛を捧げ、すなわち彼を真実に知って、彼を信ずる人々にこの秘説を説く人は、間違いなくクリシュナと合一するといわれております。クリシュナにとって、そういう人は最も好ましい人とされます（一八・六八、六九）。

一方、この秘説を学ぶ人は、知識の祭祀《さいし》でクリシュナを供養したことになります。すなわち、至高存在に関する知識に専念したことになるというのです。

また、信仰を抱き、不満を抱くことなく、それを聞くだけの人も、罪悪から解放され、「善行の人々の清浄な世界に達する」とされます。清浄な世界というのは、シャンカラによれば、天界のことです。

以上のようなクリシュナの教えを聞いて、アルジュナは迷いが消え、本来の自分を取りもどしたと告げます。

おわりに

この世に生まれたからには、自分に定められた仕事をひたすら遂行せよ。行為には罪悪がつきまとうが、行為をしても悪い結果を残さないためには、執着を捨て、行為の結果を顧慮しないことが肝要である。そして、そのように執着なく、結果にとらわれずに行為するには、すべての行為を最高神（絶対者）に対する捧げものとして行うべきである。これが『ギーター』の説く「放擲《ほうてき》」（サンニヤーサ）です。

「放擲」するには、最高神としてのクリシュナの本性を正しく知り、あらゆるときに最高神にひたすら帰依する必要があります。最高神は宇宙をあまねくおおっていますが、同時に万物のうちに霊妙なあり方で浸透しています。それが真実の自己アートマンです。「放擲」により、すなわちすべての行為を最高神に捧げることにより、行為の超越が成就されます。そして行為を超越した人は、寂滅の生活を送ることにより、絶対者ブラフマンと一体化し、すべてを平等に見るようになります。そのとき、その人は最高の信愛（バクティ）を得て、真実に最高神を知り、最高神と一体になるとされます。すなわち、ヨーガを達成して、すべてが平等であると確信するとき、クリシュナに最高の信愛を抱く。そして真実の知識を得る。最高の信愛は真実の知識にほかなりません。クリシュナが自分のうちにある、自分はクリシュナにほかならないと知る。つまり、自分はクリシュナと一体であると完全に確信する。そして永遠で不変の境地に達することができる。『ギーター』には以上のように説かれています。

ところで、最高神（絶対者）は一切をおおい、同時に一切のうちに浸透しており、それが真実の自己にほかならないという考え方が、すべてのものに仏性《ぶっしょう》（仏の本質）があるとする大乗仏教の如来蔵思想に受け継がれ、さらに本覚思想として、特に日本の天台宗において大輪の花を開かせ、その後の日本の宗教文化に、さらには一般の民衆のものの考え方に多大な影響を与えたということは、本書において繰り返し申し上げました。つまり、ヒンドゥー教の重要な考え方が、日本人の思考に入りこんだということができましょう。

一例として、本書ですでに言及した、本覚思想を説く『真如観』の文を、ここでまた引用いたします。

我れ則《すなわ》ち真如なりと知りしかば、我等《われら》一切衆生皆《みな》一つの真如の理《り》なれば、仏も我も皆《みな》一体無二なり……

（『真如観』八）

「真如」の原語は「タタター」で、あるがままの真理を意味しますが、絶対者ブラフマンに対応すると考えられます。『真如観』の作者は、「六十歳のころ、自分がすなわち真如であると知った」と述べております。どのように「知った」かが問題です。

本覚思想は、もともと悟っているのだから修行は無用だと説くものと解され、堕落した仏教であると非難されることもありますが、そのような非難は、通俗化した本覚思想に向けられたものにすぎません。「自分が真如」というとき、そのような「自分」は、すべての我執を離れ、一切が平等であるという境地に達した真実の自己にほかなりません。そのような境地を実現するために、日々あらゆるときに、一切の煩悩を清めて、真実の自己（仏性）が輝き出るように修行しなければなりません。「自分が真如」とことばでいうことは容易ですが、それを全身全霊で理解するのは至難の業《わざ》です。『真如観』の作者ですら、ようやく六十歳になって自分が真如であると知ったということです。それは梵我一如と同じく、まさに悟りの境地にほかなりません。我々はともすれば日常的なものに埋没し、真実の自己を見失い、真如と一体であることを忘れがちですが、真如の側に立てば、日常の世界はすべて夢なのです。

伝教大師最澄は、世間的な怨念に悩まされることなく、真如の境を信ずべきことを勧めて、「長夜夢裏《じょうやむり》の事を恨むなかれ。法性真如の境を信ずべし」と説いたと伝えられます(光定撰『伝述一心戒文』巻上)。最澄は本覚思想とは関係ないという意見も出るかもしれませんが、信じて道を求め続ければ必ず真如と一体の境を見出すことができる、真実の自己は真如と一体である、ということを前提としてそのように説いたと解すべきでしょう。真実の自己と至高存在とを同置する考え方は、『ギーター』から数えるとおよそ千九百年間、さらに古いウパニシャッド聖典の時代から数えれば二千八百年近く続いた、極めて普遍的な考え方であるとすることができるでしょう。

本書は、一九九五年四月から九月にかけて放送された、NHKラジオ第二放送の「NHK文化セミナー・心の探究」のガイドブックとして出版された、『古代インドの宗教〜ギーターの救済』(一九九五年四月一日発行)に、全面的に大幅な加筆と修正をほどこし、ライブラリー版として編集したものである。

放送では野水清氏にお世話になり、ガイドブック及び本書の編集にあたっては、日本放送出版協会の山崎孝子氏と神力由紀子氏に尽力をいただいた。心から御礼申し上げたい。

一九九七年　十一月　上村勝彦

参考書

『ギーター』の日本語訳

服部正明「バガヴァッド・ギーター」『ヴェーダ・アヴェスター』（世界古典文学全集3）筑摩書房、昭和四十二年　二八三〜三三四頁

宇野　惇「バガヴァッド・ギーター」（抄訳）『バラモン教典・原始仏典』（世界の名著1）中央公論社、昭和四十四年　一五四〜一八八頁

辻　直四郎『バガヴァッド・ギーター』講談社、昭和五十五年

上村勝彦『バガヴァッド・ギーター』（岩波文庫）岩波書店、平成四年

その他、本書で参照した主要な参考書

中村　元『インド思想史』（岩波全書）岩波書店、昭和四十三年（第二版）

辻直四郎『リグ・ヴェーダ讃歌』（岩波文庫）岩波書店、昭和四十五年

原　実『古典インドの苦行』春秋社、昭和五十四年

上村勝彦『インド神話』東京書籍、昭和五十六年、平成十五年「ちくま学芸文庫」に収録
上村勝彦『インド詩集 夢幻の愛』春秋社、平成十年
上村勝彦『カウティリヤ実利論』(上)(下)(岩波文庫)岩波書店、昭和五十九年
中村元『ウパニシャッドの思想』(中村元選集9)春秋社、平成二年
渡瀬信之『マヌ法典』(中公文庫)中央公論社、平成三年
玉城康四郎・木村清孝『ブッダの世界』(NHKブックス)日本放送出版協会、平成四年
宇井伯寿・高崎直道『大乗起信論』(岩波文庫)岩波書店、平成六年

解説　『バガヴァッド・ギーター』と仏教

前川輝光

著者上村勝彦は浅草寺の僧侶の家系である。『屍鬼二十五話』（一九七八年）、『パンチャタントラ』（一九八〇年）の翻訳で早くも注目を集め、『インド神話』（一九八一年）、『インドの詩人』（一九八二年）と意欲作を発表する。一九八四年には難解をもってなる古代インドの政治経済学、帝王学の大著『カウティリヤ実利論』の翻訳で学界での地位を不動のものとした。三年半かかりきりで為し遂げたこの翻訳の出版時、著者は四十歳であった。

著者の研究活動を支えていた大きな柱の一つはその並外れた語学力であった。サンスクリット語の使い手としての氏の令名はインド研究者の間で知らぬ者とてなかった。一九八六年に東大東洋文化研究所助教授に就任直後、古代インドの大叙事詩『マハーバーラタ』のサンスクリット語からの原典訳に着手するが、これは氏以外では想像の埒外の大事業であった。

あまりの大作のため、出版の目処さえ立たぬまま、著者は粘り強く翻訳作業を進めた。

翻訳開始から五年後、山際素男による『マハーバーラタ』の刊行が始まる（英訳からの重訳）。『マハーバーラタ』が日本の読書界に紹介されることは多としつつも、自訳の出版の条件はますます悪くなる。氏はこの頃、自らの訳業の出版をあきらめかけていたと言う。

そんな折、著者はかつて一旦は断っていた『バガヴァッド・ギーター』（以下『ギーター』）の翻訳にとりかかる。同経典は『マハーバーラタ』の一部であり、ヒンドゥー教最高の聖典とも目されている。著者はそれまで『ギーター』を敬遠していた。いくつか理由はあったが、その翻訳を通読しても理解できない箇所が多いのが最大の理由だった。「ギーターはわからないのですよ」とつぶやいていた。

ふとしたきっかけで著者はかつて敬遠していた『ギーター』に没頭することになる（この辺の事情は『始まりはインドから』筑摩書房、二〇〇四年、にゆずる）。夫人の回想によると、氏はごく短期間に何かに取り憑かれたようにしてこの作業を了えてしまった。氏自ら「難問にぶつかるたびに、何か不思議な着想が湧いて、一つ一つ解明して行った」と言う神がかり状態だった。その成果は一九九二年に岩波文庫として出版される。訳文は流麗だった。『ギーター』との取り組みは氏にとり一大転機となった。氏は僧侶の資格を持っていたものの、それまでは僧侶であることを止めた方がいいのではないかと煩悶した時期もあったと言う。そう言えば、本書でもその詩が引かれているバルトリハリには、出家と在家の生活を七度も往復したという伝説があり、若き上村勝彦はその伝説に不思議なほど夢中になっていた。しかし『ギーター』を翻訳した頃から仏教者として生きる決意が固まった。「「世間」のうちにある自分が「出世間」を実現しなければならない」が氏の標語となった(『真理の言葉　法句経』中央公論新社、二〇〇〇年)。

　数年後、氏は『ギーター』を広く世に知らしめるべくNHKラジオ第二放送「文化セミナー・心の探求」で「古代インドの宗教――ギーターの救済」を担当した(一九九五年四～九月)。本書はこの時のガイドブックに全面的に加筆・修正したものであり、最初NHKライブラリーの一冊として一九九八年一月に出版された。

　著者のライフワークとして始められた『マハーバーラタ』原典訳も、幾多の曲折を経て二〇〇二年一月から出版が開始された。一年のうちに大部の六巻が世に出た。第七巻も出版準備が整い、第八巻以降の翻訳も着々と進んでいたが、二〇〇三年一月二十四日、氏は突然の死を迎えた。わが国のインド研究者、一般読書界は深刻な喪失感に打ちのめされた。氏はまだ五十八歳だった。遺稿は恩師原実の手で『原典訳マハーバーラタ』第八巻として出版される(二〇〇五年)。原のかつての教え子への「解説」という形をとった追悼文は感動的なものだった。『原典訳』はトルソのまま残された。

『バガヴァッド・ギーター』は本書第二章でも述べられているように、『マハーバーラタ』のクライマックスをなすクルクシェートラ大戦を前にした勇者アルジュナの煩悶をクリシュナが取り除く、という劇的枠組みを持っている。しかし、その中身は全体として物語の構造を持っていない。一見したところでは互いの関係がよくわからない様々な哲学、思想が次々に繰り出される。そのため日本では、たとえば『聖書』などを念頭において読むと勝手が違う、とっつきにくいという読者が少なくないのではなかろうか。しかしそれは紛れもなくヒンドゥー教徒に最も親しまれ尊重されてきた経典なのである。

本書ではしばしばシャンカラ、ラーマーヌジャなどの古典哲学者が言及されているが、近現代でもたとえばマハートマー・ガーンディー（マハトマ・ガンジー）は『ギーター』を自らの行為の最高の指針とし、生涯座右に置いた。ガーンディー登場以前のインド民族運動の最高の指導者ロークマーニャ・ティラクも浩瀚な『ギーター』研究を著わし、この経典によって自らとインドを導いた。

『ギーター』は知識人、指導者だけのものではなかった。叙事詩『マハーバーラタ』は一九八八年十月から一九九〇年七月まで、インド国営テレビで九十四回の連続ドラマとして放映され人々を引きつけた（最高視聴率は九二パーセント）が、その『ギーター』の場面を筆者は忘れることができない。三回にわたり計二時間弱、えんえんとクリシュナとアルジユナの「アルジュナ戦え！」「クシャトリヤの義務は……」というダイアローグが続くのである。たとえば日本の大河ドラマで、いざ合戦というシーンで高僧が説法を始めて、ほぼその説法の場面だけでそれから三回ドラマ枠を使い切るということが考えられるだろうか。それほどの名シーンであり、経典だということだろう。インド留学中、「明日はギーター検定なの」と十二、三歳くらいの子から聞いたこともある。試験を受けて一級、二級……を獲得するらしい。

かつて敬遠していた『ギーター』の何が著者を夢中にさせたのか。それは一つには著者の長年の迷いを払拭する「世間」と「出世間」の関係についての『ギーター』の力強い回答だったろう。それは仏教を含む多くの古代インドの宗教書とは異なり、人は社会人としての自己の義務を果たしつつも窮極の救いの境地に達しうると説いていた。それどころか社会人は決して定められた自らの行為を捨てるべきではないと強調していた。「サンニャーサ（放擲）」という言葉の解釈がキー・ポイントとなる。

もう一つ。浅草寺関係者として生まれ育ち、仏教についての深い学識と問題意識を備えていた氏には、自らにゆかりの天台宗の本覚思想（およびその源流にあたる如来蔵思想）と『ギーター』で語られた最高神の姿が鮮やかに重なって見えた。自らの信仰する大乗仏教のルーツがここにあった！

こうして宗教的、学的な起爆力を得た氏は『ギーター』を精緻に読み解いていく。すると、しばしば「矛盾が多い」、甚だしくは「原始的な哲学的諸見解の雑然とした飾り棚」（ホプキンズ）とさえ評されてきた『ギーター』の、一見脈絡のないような箇所も、『ギーター』全体の中で多くの場合重要な意味を持つことに気がついた。著者は、『ギーター』は「インド古典としては珍しく、驚異的に首尾一貫した緊密な構成のもとに作られている」との評価に達する（上村訳『バガヴァッド・ギーター』解説）。

著者のこうした思索の結果は、本書に平易に語られているから、ここであらためてそれを要約する必要はないであろう。本書は高度な学術性を保ちつつ、一般向けの啓蒙書であることに成功している。ただし、本書で著者が『ギーター』に関して見出したことの全てを語っているわけではないことには注意が必要である。

本書をユニークな存在にしているのはそれが信仰の書、人生論の書でもあるということである。自らの信仰上の難問を突破したという高揚感と、『ギーター』の中心部に馴染みの仏教思想のルーツを見出しえた喜びからか、著者の発言はしばしば熱を帯びる。それはおそらく著者の信仰告白とも言いうるもので、本書に純然たる学術書を予想された読者は多少の戸惑いを覚えられるかもしれない。しかし、こうした点も含め、本書は「世界的なレベルで見れば、『般若心経』よりもはるかに多くの読者を持って」いる『ギーター』を、日本人により身近なものとする内容を備えていると言えよう。

その割には、生前、期待したほどの反響が得られず、著者はそのことを物足りなく感じていたようだ。今回の文庫化により、本書がより多くの読者を得ることを亡き著者とともに喜びたいと思う。

本書には『ギーター』との関連での『マハーバーラタ』についての深い考察もうかがえる。ここでは一例だけご紹介しよう。「この叙事詩はカーラ（中略）に支配される人間存在のむなしさを説いています。（中略）しかし作中の人物たちは、無常な人生を送る中で、自らに課せられた過酷な運命に耐え、激しい情熱と強い意志をもって自己の義務を遂行していきます。この世に生まれたからには、自分に定められた行為に専心すること、これこそ『ギーター』の強調するところでもあります」。

ところで『マハーバーラタ』の中に『バガヴァッド・ギーター』を位置づけてみると一つ不思議な点がある。クリシュナから直々に『ギーター』を聞き、アルジュナはこう言って立ち上がる。「迷いはなくなった。不滅の方よ。あなたの恩寵により、私は自分を取りもどした。疑惑は去り、私は立ち上った。あなたの言う通りにしよう（つまり、「戦おう」：前川）」（上村訳）。

ところが実はアルジュナの迷いは消えていなかったのである。アルジュナは特に最愛の大伯父ビーシュマとの戦いに迷い、悩み続ける。あまりのことにクリシュナから再三にわたって叱責を受けたほどである。こうした意外な展開こそ『マハーバーラタ』の魅力の一つとも言えようが、『ギーター』の荘厳で厳粛な世界との落差には戸惑いを感じさせられる（この点については前川『マハーバーラタの世界』〈めこん、二〇〇六年〉第三章参照）。この問題を著者と語り合ってみたかった。

マハートマー・ガーンディーは自らのグジャラーティー語訳『ギーター』への序文で、カルマ・ヨーガについて以下のような興味深い議論を展開している。「しかし結果を放棄することは結果への無関心を決して意味しない。あらゆる行為に関して、人はその予期される結果、それを達成するための手段、そのための能力を知らなければならない。このような用意の出来た者が、結果への願望なく、しかも目の前の仕事の達成に全く没頭しているなら、彼は自らの行為の結果を放棄していると言われる」。民族運動のトップ・リーダーであり、敬虔な宗教者でもあった人物の気迫が感じられる。近代以降のインドにおける『ギーター』解釈、特にカルマ・ヨーガ解釈はしばしば社会・政治への強い志向の刻印を帯びている。本書『バガヴァッド・ギーターの世界』でのカルマ・ヨーガ解釈とは多少、力点のずれがあるように思う。著者とこうした点についても議論してみたかった。

それはもうかなわない。しかし我々は著者の残した厖大で多方面の研究に学び、それと対話していくことはできる。前半の著者の研究歴では紹介しなかったが、氏は仏教を語った『ダンマパダの教え』（一九八七年）、サンスクリット文学を論じた二冊の大著『インド古典演劇論における美的経験』（一九九〇年）、『インド古典詩論研究』（一九九九年）、『カウティリヤ実利論』の翻訳と対を成す『ニーティサーラ』の翻訳（一九九二年）などの業績も残している。

（亜細亜大学国際関係学部教授）

マ

ヤ

ナ

ハ

タ

サ

カ

事項索引

神名・人名索引

本書は、一九九八年一月、日本放送出版協会より刊行された。底本には著者による訂正原本を使用した。

ちくま学芸文庫

バガヴァッド・ギーターの世《せ》界《かい》
――ヒンドゥー教《きょう》の救《きゅう》済《さい》

二〇〇七年七月 十 日 第一刷発行
二〇二五年一月二十五日 第十四刷発行

著 者 上村勝彦（かみむら・かつひこ）

発行者 増田健史
発行所 株式会社 筑摩書房
東京都台東区蔵前二―五―三 〒一一一―八七五五
電話番号 〇三―五六八七―二六〇一（代表）
装幀者 安野光雅
印刷所 三松堂印刷株式会社
製本所 三松堂印刷株式会社

ISBN978-4-480-09087-4 C0114